Patrick Modiano

Les Boulevards de ceinture

环 城 大 道

〔法〕帕特里克·莫迪亚诺 著　李玉民 译

人民文学出版社

著作权合同登记号　图字 01-2014-8258

Patrick Moniano
Les Boulevards de ceinture
ⓒ Editions Gallimard, Paris, 1972

图书在版编目(CIP)数据

环城大道/(法)帕特里克·莫迪亚诺著;李玉民译.
—北京:人民文学出版社,2017
(莫迪亚诺作品系列)
ISBN 978-7-02-012733-7

Ⅰ.①环… Ⅱ.①帕… ②李… Ⅲ.①中篇小说-法国-现代　Ⅳ.①I565.45

中国版本图书馆 CIP 数据核字(2017)第 098316 号

责任编辑　黄凌霞
特约策划　何家炜
装帧设计　汪佳诗

出版发行　人民文学出版社
社　　址　北京市朝内大街 166 号
邮政编码　100705
网　　址　http://www.rw-cn.com

印　　刷　上海利丰雅高印刷有限公司
经　　销　全国新华书店等

字　　数　70 千字
开　　本　889 毫米×1194 毫米　1/32
印　　张　4.25　插页　5
版　　次　2015 年 3 月北京第 1 版
印　　次　2017 年 8 月第 1 次印刷

书　　号　978-7-02-012733-7
定　　价　35.00 元

如有印装质量问题,请与本社图书销售中心调换。电话:01065233595

献给吕迪
献给多米尼克

若我个人历史中也含有法兰西历史的某一点该有多好!

没有,一点也没有。

——兰波

三人中最胖的那个是我父亲，然而早年，他是多么苗条。米哈伊探着身，仿佛对他低声说什么。马什雷立在他们身后，倒背着手，微微挺胸，似笑非笑。他们头发和服装的颜色难以辨识。马什雷似乎穿一件肥大的浅色方格细呢上衣，他的头发好像是金黄色。应当指出，米哈伊两眼炯炯有神，而我父亲的眼睛却有不安的神色。看上去米哈伊又高又瘦，不过下颏已显臃肿。反之，我父亲整个儿是一副衰弱的形象，只有眼睛例外，那眼球几乎鼓出来。

细木护壁板和砖砌的壁炉，此间便是克洛富克雷酒吧。米哈伊端着一杯酒。父亲亦然。不要忽略：米哈伊嘴上叼着香烟，而我父亲则把香烟夹在无名指和小指间。懒散而做作。靠餐厅里端，有一个大半身的女人侧影：莫德·迦拉斯，克洛富克雷酒吧老板娘。米哈伊和我父亲坐的太师椅肯定是皮面的。靠背上有一道微弱的反光，正好在米哈伊左手所按之处的下方。他的手臂绕过我父亲的脖颈，显出几分保护人的姿态。他手腕上赫然戴了一块方壳表。马什雷大块头所占据的位置，半遮住莫德·迦拉斯和一排排开胃酒瓶。不必仔细辨认就能看清柜台后面墙上的日历。剪得整整齐齐，只见"14"这个数字。但是根本看不清哪年哪月。不过，仔细瞧瞧这三个男人和莫德·迦拉斯的模糊身影，就能想象这一场面已年深日久了。

这是一张老照片，是在抽屉顶头偶然发现的，并轻轻拭去了上面的灰尘。夜幕降临。幽魂们像往常一样进入克洛富克雷酒吧间。马什雷坐到高脚圆凳上。其他两人则喜欢坐在靠壁炉的太师椅上。他们要了鸡尾酒，是莫德·迦拉斯由马什雷做帮手调制的，这种混合酒既令人恶心，又毫无益处。马什雷常跟老板娘开些低级趣味的玩笑，管她叫"我的胖莫德"，或者"我的东京美人儿"。老板娘并无愠怒之色，而当马什雷把手探进她的上衣里，抚摩她的乳房，而且总要嗷嗷叫时，她却泰然自若，面带微笑，令人难以捉摸那是鄙夷，还是默契的表情。这女人四十岁左右，金黄头发，身体笨重，声音混浊。一对明眸令人惊讶，说不准是幽蓝色还是深紫色。她经营这家酒吧之前，做什么行当呢？也许干同一行当，不过是在巴黎市内。她和马什雷经常提起"百乐门"，那是特尔纳区的夜总会，二十年前关闭了。他们俩低声谈话。从前究竟是酒吧女郎，还是游艺场的艺人呢？毫无疑问，马什雷早就认识她。她管他叫居伊。他们一边调制开胃酒，一边憋不住格格直笑，这时司厨长格雷夫进来，问马什雷："伯爵先生等会儿想吃点什么？"马什雷总是照例回答："伯爵先生想吃屁。"说着，他扬起下颏儿，眯缝着眼睛，满足地绷紧脸。每当这时候，我父亲总是嘿嘿赔笑，以便向马什雷表明他欣赏这句风趣话，并认为他马什雷是世间最有智慧的人。马什雷见我父亲的这种反应，更是乐不可支，便招呼他："我说得不对吗，夏尔瓦？"我父亲忙不迭地回答："对极了，居伊！"对这种"幽默"，米哈伊却无动于衷。一天晚上，马什雷比平时精神头儿大，撩起莫德·迦拉斯的裙子，高声宣布："这，才叫真正的大腿！"米哈伊则尖声尖调，像在上流社会说话那样："亲爱的朋友，原谅他吧，他总以为是在军队里。"（这一评语更点明了马什雷其人。）米哈伊总摆出一副绅士派头，谈吐极有分寸，声调抑扬顿挫，委婉动听，运用议会演说式的雄辩。他说话时还大做手势，动不动手指像扇子一样展开，同时毫不忽视下颏儿和眉毛的效果。他衣着讲究：英格兰面料外套、衬衣和领带，配成单一色调，显得十分素雅。可是，他周身为什么散发这么刺鼻的塞浦路斯香水味呢？为什么戴这只镌有徽纹的白金戒指呢？再来端详他一下：宽宽的额头、明亮的眼睛，一副开朗坦诚的模样儿。然而，下半张脸则不然，耷拉着的香烟愈发显示嘴唇的松弛。脸庞的轮廓，上面宽阔有力，下面到颌骨却变小，下巴缩得很短。再听听他的声音，有时也变得嘶哑了。总而言之，人们不免担心，他生性是不是跟马什雷一样粗鲁。

再观察一下他们二人晚餐要结束时的表现，这种印象就会得到证实。他们俩并肩坐在我父亲的对面；我父亲是背向，只能看到颈项。马什雷嗓门极高，声音响亮，涨红着脸。米哈伊也不示弱，提高了调门，他尖厉的笑声压过了马什雷喉音过重的笑声。他们相互递眼色，相互撞臂膀，心照不宣，而旁人却不知其所以然。除非和他们坐在一起，一字不漏地听他们谈话。离远一些，只能听到片言只语，杂乱无章而连不成意思。现在，他们又交头接耳，窃窃的私语声消失在这空荡的餐厅里。铜吊灯光线强烈，照着餐桌、细木护壁板、诺曼底式衣柜，以及镶嵌在墙上的鹿头和狍子头的标本。灯光也像棉花一样压在他们身上，窒息他们的话语声，没有一点阴影。只有我父亲的后背例外，令人纳罕：光线何以放过他。然而，在明亮的吊灯下，他的脖颈却十分醒目，那中间一小道粉红色伤疤甚至清晰可辨。好像引颈就诛，这脖子极度弯曲，伸向无形的断头机的铡刀。他全神贯注地聆听他们讲话，脑袋探到离他们的头只差几厘米，额头几乎要贴上米哈伊或马什雷的额头。我父亲的脸凑得太近时，马什雷便用拇指和食指夹住他的脸蛋，慢慢地拧。我父亲立刻往回缩，但是马什雷仍不松手，一连拧了几分钟，而且越来越用劲。我父亲肯定疼痛，放开一看，脸上拧出了红印子。他偷偷地伸手揉。马什雷对他说："夏尔瓦，这就是好奇的下场。"我父亲应道："是啊，居伊……是啊，没错……居伊……"还得赔笑脸。

格雷夫上酒，他那拘束守礼的举止动作，同这三男一女的不拘形迹的放浪行为，形成了鲜明的对照。米哈伊手掌托着下巴，眼神无精打采，给人一种完全懈怠的印象。马什雷解开了领带，全身重量靠在椅背上，因而只有两条椅腿着地，随时都可能失去平衡。再说我父亲，他执意要靠近他们，前胸几乎贴到餐桌上，只要被人轻轻推一把，就会倒在杯盘上。现在还能听到的，只是马什雷的寥寥数语，而且声音含混不清。过了一会儿，他就只发出腹鸣了。他们这样倦怠迟钝，是因为晚餐太丰盛（他们总是要加调味汁的菜肴和各种各样美味），还是因为太贪杯呢（马什雷总是点战前高浓度的勃艮第酒）？格雷夫笔直地站在他们身后,朝马什雷抛下一句话:"伯爵先生还想要一瓶白酒吗?"并且把"伯爵先生"四字说得很重。然后,他更加重语气地说:"好的,伯—爵—先—生。"莫非他想提醒马什雷规矩些,暗示他一位绅士不应该如此随随便便吧?

在格雷夫僵直身影的上方,一个鹿头从墙壁赫然而出,宛似船首头像;这只野兽用玻璃眼珠完全漠然地注视着马什雷、米哈伊和我父亲。鹿角的影子投到天花板上,形同巨大的花体字。灯光渐暗。是电压不足?他们被昏暗吞噬,一个个神情沮丧,默默无言。这场面,重又给人以看一张旧照片的印象,直到马什雷霍地站起来为止。他起身极猛,以致撞到桌子。于是,整个场面又活跃起来。吊灯和壁灯重又大放光明。没有一点阴暗,没有一点虚影,每一件物品都十分清晰,乃至炫目。刚才懒洋洋的动作又变得果断了。我父亲也站立起来,像听到"立正"的口令似的。

他们显然要走向柜台。要不然去哪儿呢?米哈伊嘴里叼着香烟,手亲热地搭在我父亲的肩上,正劝说他同意他们已经讨论过的一件事。马什雷已经坐到柜台前,他们俩则停在离柜台几米远处,米哈伊俯身向我父亲,拿出推心置腹的口气,仿佛提出叫人无法拒绝的保证。我父亲点点头，对方就轻轻拍了拍他的肩膀，看来两个人终于取得一致意见。

现在，他们三人都坐在柜台前。莫德·迦拉斯把收音机的音响拧小，可是她一听到自己喜欢的歌，就立即放大音量。米哈伊要特别注意听晚十一点的新闻报道，那个播音员一字字咬得很清晰，但声音毫无感情。然后播放结束曲，一小段哀婉的音乐。

又沉默半晌，他们才情不自禁地追忆往事，娓娓交心。马什雷说他三十岁时身患疟疾，人就算完了。莫德·迦拉斯提起一天晚上，他穿着军服走进"百乐门"，茨冈乐队便奏起《荣誉军团赞歌》欢迎他的情景。他捻灭一支香烟，不无嘲讽地说，那是我们战前最美好的一个夜晚。马什雷抬起眼皮，好奇地注视她，说什么战争，他觉得无所谓。他，居伊伯爵，弗朗索瓦·阿尔诺·德·马什雷·德·厄，不想听任何人的教训。唯一令他感兴趣的东西，就是"杯中闪亮的香槟酒"，他还一口香槟酒喷到莫德·迦拉斯的胸襟上。米哈伊说："算了，算了……"不对，绝不对，他的朋友并没有完蛋。而首先，"完蛋"是什么意思呢？嗯？毫无意义！他断言他十分亲密的朋友还有几年光辉的历程。而且，他尽可以信赖"让·米哈伊"的同情和支持。就说把侄女嫁给居伊·德·马什雷伯爵这件事，难道他"让·米哈伊"有一瞬间的迟疑吗？嗯？他能把侄女嫁给一个完蛋的男人吗？嗯？他转向其他人，仿佛激他们提出相反意见。嗯？要表示信任和友谊还能拿出更好的证据吗？完蛋啦？"完蛋"是什么意思呢？所谓"完蛋"，就是……他戛然而止，想不出定义，只好耸耸肩膀。马什雷直瞪瞪地注视他。如果居伊觉得没有什么不妥的话，米哈伊高声说，好像突然来了灵感，那就让夏尔瓦·戴克凯尔当证人。米哈伊说着，指了指我父亲；我父亲立即容光焕发，一副感激涕零的样子。半个月后，就在克洛富克雷咖啡馆举行婚礼，巴黎的朋友们也将来参加。一次小型的家宴，将使他们的关系更加牢固。米哈伊-马什雷-戴克凯尔！三剑客！况且，一切顺利！马什雷毫无必要忧虑。"世态混浊"，然而"金钱哗哗流淌"，各种各样的联合已经初具规模，一个赛一个有趣。居伊也要得一份好处。"一口干掉。"咕嘟！伯爵为米哈伊的身体健康干杯（说来奇怪，他和米哈伊的年龄差不了十岁……），他举着杯，声称他能娶安妮·米哈伊，感到非常幸福和自豪，因为"她的金黄色热乎乎的屁股，在巴黎无与伦比"。

莫德·迦拉斯醒来，问马什雷要送给新娘什么结婚礼物。一件银色水貂皮袄、两只大环眼的金手镯，共花

"六百万现钞"。

他从巴黎带来了满满一箱子外汇,以及奎宁。这该死的疟疾。

"没错儿,是应当说该死。"莫德说道。

他是在哪儿认识安妮·米哈伊的呢?什么?安妮·米哈伊?啊!他是在哪儿认识她的?哦,是在香榭丽舍大街的朗热餐馆。归根结底,他还是通过米哈伊的侄女认识米哈伊的!(他哈哈大笑。)真是一见钟情,两人便在金鱼餐馆一起度过后半个晚上。他详详细细地讲述,说话乱了套,随后又找到他这段故事的线索。米哈伊开头还兴趣盎然,专注地听着,现在他就同我父亲继续饭后开始的谈话了。莫德耐心地听马什雷讲述,然而,他的言语很快混乱,变成醉汉的呓语了。

我父亲轻轻摇晃着头,眼袋也鼓胀起来,显得疲惫不堪。他在米哈伊和马什雷身边,究竟扮演什么角色呢?

夜深了。莫德·迦拉斯过去关了壁炉旁的大灯。无疑这是个信号,示意他们该走了。整个餐厅,只有里面墙的两盏红罩壁灯还亮着。我父亲、米哈伊和马什雷重又没入昏暗之中。

柜台后面还有一小圈亮光,莫德·迦拉斯站在亮圈中间纹丝不动。还听得见米哈伊的低语。马什雷的声音则越来越迟缓了。他从高脚凳上滑下来，刚好抓住我父亲的肩膀，才没有跌倒。他们步履蹒跚地朝门口走去。莫德·迦拉斯一直送到门口。一接触户外的空气，马什雷又精神起来。他对莫德·迦拉斯说，亲爱的胖莫德，你要是感到孤单寂寞，给我打个电话就行了；米哈伊的侄女的"金黄色热乎乎的屁股，在巴黎无与伦比"，而莫德·迦拉斯的大腿，是"塞纳马恩最神秘的"。说着，他就搂住她的腰，又开始抚摸她，这时米哈伊插进来，连声说道："得了……得了……得了……"莫德·迦拉斯这才返身进屋，关上了店门。

三人重又来到村子的中心大道上。路两侧浑重的房舍已然沉睡。米哈伊和我父亲走在前头，马什雷则以沙哑的嗓音唱着《驶过的驳船》。一扇百叶窗微微启开，探出一个脑袋。马什雷大骂那个好奇者，米哈伊则极力劝解，让他这未来的"侄女婿"平静下来。

"麦克图别墅"是左首最后一幢房子，紧靠着树林。从外观上看，这是平房和猎屋的混合体。房子正面有一条游廊。是马什雷把这命名为"麦克图别墅"，为纪念外籍军团的生活。大门刷了白灰，钉了一块铜牌，牌上用哥特字体刻有"麦克图别墅"。马什雷还雇人在花园周围修了一道柚木栅栏。

他们在大门前分手。米哈伊拍了拍我父亲的后背，说了一声："明儿见，戴克凯尔。"马什雷也嚷道："明儿见，夏尔瓦！"同时用肩膀撞开大门。二人走上林荫小道。我父亲伫立不动。他常常怀着崇敬的心情抚摩那块铜牌，并用食指顺着哥特字体的笔画描下来。砂石路在那两个人的脚下咯咯作响。马什雷的身影还在游廊中间闪现一下，他又吼了一声："做个美梦，夏尔瓦！"随即哈哈大笑。继而听见关闭玻璃门的声响。复归寂静。

我父亲又沿着中心大道返回，拐向左边，踏上一条缓坡的乡村土路。这是一条"分界道"，两侧是有大花园的豪华住宅。有时他放慢脚步，仰望天空，好似观察月亮星辰，或者头顶着铁栅门，窥视一所住宅的庞大黑影。然后，又继续往前走，但是步伐懒散，仿佛漫无目的。最好这时候上前同他搭话。

他停下脚步，推开"修道院"大门，这是一座新罗马式的奇特别墅。他迟疑一下，才走进去。这座别墅是他的吗？从何时起搬来的呢？他关上大门，缓步穿过草坪，走向房前台阶。这位胖先生，在夜色中弓着背，神色多么忧伤……

自不待言，这是塞纳马恩地区环境最好、建筑最美的一个村庄，它坐落在枫丹白露树林边缘。有几个巴黎人在这里拥有乡间别墅，但是他们已无影无踪，无疑是因为"局势恶化，令人不安"。

克洛富克雷的旅馆老板博西尔夫妇，去年就离开了。他们说是去卢瓦尔-大西洋省，到堂兄弟家休假，不过大家都明白，他们去休假，是由于旅馆的常客越来越少了。然而，从巴黎来了一位妇人经营起克洛富克雷，这令大家百思不得其解。还从巴黎来了两位先生，买下了树林旁边的拉米鲁夫人的宅第（须知她将近十年没有来住了）。年轻的那个，似乎在外籍军团服过役。另一个据说在巴黎主办一份杂志。他们的一位朋友随后也来了，住到"修道院"，即居约家族的庄园。是租赁吗？还是趁主人不在而占用呢？须知居约全家已在瑞士长期定居。他们这位朋友是个东方型的肥胖家伙。他们三人收入丰厚，但都是近来发迹的。他们来此过周末，如同太平时代的资产阶级家庭。星期五晚上，他们就从巴黎赶来，在外籍军团服过役的那个人，驾驶着浅灰色塔博牌小汽车，风驰电掣般驶过中央大道，在克洛富克雷旅馆的门前猛地煞住。过一会儿，另一辆小车也停到旅馆门前。他们邀请了客人。比方说，这个总穿马裤的棕发女子。星期六早晨，她去树林遛马，回到马厩时，马夫小伙子们立即围上来，大献殷勤，格外照看她的马。下午上街去，她牵了一条红色猎犬，猎犬的火红毛色，配她的黄褐色靴子、红棕头发，难道这算高雅？经常有一位年轻的金发女郎陪伴她，大概是那个报社社长的侄女，她总穿着毛皮大衣。两个女人走进布莱里欧太太的古玩店逛一会儿，挑几样首饰。棕发女人买下一个大衣柜，这个路易十五时代的中国式衣柜，因为价钱太高，一直没有买主。布莱里欧太太看到这位女顾客递给她两百万现钞，还真有点不敢接。棕发女人把几叠钞票放到一个搁板上。不久，一辆小货车来拉货，把大衣柜送到拉米鲁夫人的别墅；报社社长和外籍军团的旧军人住进去之后，就改名为"麦克图别墅"了。人们注意到，这辆货车时常往"麦克图别墅"拉艺术品和绘画，全是棕发女人从这个地区的拍卖行搞来的。星期六晚上，她同报社社长乘车从默伦或枫丹白露返回，满载旧家具、餐具、吊灯和银器的小货车跟在后面，把这些旧货卸到别墅里。村里人不免感到诧异，很想多了解一点这个棕发女人。她不住在"麦克图别墅"，而住在克洛富克雷旅馆。但人们猜测她和报社社长关系极为密切。是他的情妇？是他的女友？据说那个外籍军团的旧军人是伯爵。住在"修道院"的胖先生则称戴克凯尔"男爵"。他们的爵衔可信吗？这两位同人们头脑中的贵族形象相去甚远。他们的神态有点可疑，也许是外国贵族吧？有人不是听见有一天戴克凯尔"男爵"对报社社长说，而且声音提高了几度："无所谓，我是土耳其公民嘛！""伯爵"讲法语，略带巴黎郊区的口音。是不是在外籍军团养成的习惯？棕发女人似乎喜欢炫耀，否则为什么戴那么多首饰，同她的骑装不协调呢？再说这个年轻的金发女郎，六月份还穿着皮大衣，谁看见都不免奇怪。想必她受不了乡间的空气。有人在一份《电影宝鉴》上看到她的照片。她还当演员吗？她经常和这个外籍军团旧军人一起散步，让他挽着胳膊，脑袋偎在他的肩上。他们俩可能订婚了。

还有一些人来这里过星期六和星期天。有时报社社长接待的来客多达二十来位。人们渐渐熟悉了其中大部分人，但是见到每个身影很难叫出姓名。在这个村子里，最怪异的传闻也会不胫而走。报社社长在"麦克图别墅"组织了别出心裁的晚会。为此，"那帮活宝"才趋之若鹜，从巴黎赶来。在博西尔夫妇外出期间，经营克洛富克雷的这个女人，无疑当过一家已经关张的店铺的老板。况且，克洛富克雷旅馆招待这样一帮顾客，真有点像妓院。戴克凯尔"男爵"通过什么伎俩把"修道院"弄到手，这也是村里居民纳罕的一件事。他那鬼样子倒像个间谍。"伯爵"当初参加外籍军团，恐怕就是为了逃避法律的追究。

报社社长伙同棕发女人干些肮脏的非法交易。他们俩组织一帮人花天酒地，报社社长也把他侄女拉进来。他毫不犹豫地把亲侄女投进"伯爵"的怀抱，或者投进他任何同谋的怀抱。总而言之，居民最后都认为，村子"落入一群强盗的手中"。就像在小说和案件笔录中读到的那样，一个明眼人看到报社社长及其一伙，很快就会联想起出入于香榭丽舍大街一些酒吧间的"混混"。他们一来，就闹得这里鸡犬不宁。有些晚上，他们人数众多，全在克洛富克雷旅馆用餐，然后三五成群，队列懒懒散散地朝"麦克图别墅"行进。所有女人都是棕发或浅黄发，所有男人都穿得花枝招展。"伯爵"在前边开路，他胳臂上缠着一条白纱巾，就好像刚刚在搏斗中受了伤。他这样是要显示他在外籍军团那段经历吗？他们把音乐放得很响，即使在中央大道上，也能断断续续听见一阵阵伦巴、爵士舞曲和歌声。假如在那座别墅附近停一停，就能看见他们在落地窗前跳舞。

一天深夜两点钟，只听一声尖叫："混蛋！"忽见棕发女人跑出来，乳房袒露在外面。有人随后追赶。她又嚷了一声："混蛋！"随即放声大笑。

起初，村民还打开百叶窗瞧瞧，后来就习以为常，任凭这些新来的人喧闹了。我们生活在见怪不怪的时代。

这本画报创刊不久，才出了五十七期。刊名《如此生活》，黑白字体，十分醒目。封面登一幅女人身体照片，一副撩逗的姿势。如果不是"政治与社会新闻周刊"几个字标明画报的高调宗旨，读者还真会以为这是一本消遣性杂志。

扉页上印有社长让·米哈伊的名字。在这一栏下印有主编和编委名单，共有十位，都是无名之辈。怎么搜索记忆，也想不起来在哪儿见过他们的签名，顶多对两个名字还有点模糊的印象。一个叫让·德鲁勒，是战前的专栏作家，《士兵夏普佐》的作者；另一个叫穆利·德·默伦，是《名流》贪婪的专栏记者。可是其他人呢？比如说，那个总在头一页签名、主持"春天万象更新"专栏的若日耳曼，他是谁呢？文章中的语言浮华藻饰，结尾总是一句命令："需要快活！"文章插图的几张照片，是几乎赤身露体的青年。

第二页为"姑妄听之"栏目。每一段都有一个哗众取宠的小标题。一个署名为罗贝尔·勒斯唐迪的家伙，使用最下流的语言，攻击政界、艺术界和戏剧界人士，甚至进行敲诈。有几幅用心险恶的"幽默"画，署名为勒·乌勒。后边还有奇文：政治社论、读者信箱，乃至"新闻报道"。五十七期社论通篇是谩骂和恫吓，出自一个叫"弗朗索瓦·热尔贝尔"的人之手。可以读到这样的词句:"奴才很容易成为窃贼。"或者:"其他责任者应当抵偿。他们必将抵偿!"什么责任?"弗朗索瓦·热尔贝尔"并未说明。至于报道,都直接涉及最暧昧的问题。比如五十七期就向读者推荐:"一位有色人种的姑娘在舞蹈和行乐世界中的传奇经历。巴黎、马赛、柏林。"《读者信箱》的格调也同样低下:有一位读者询问"把斑蝥煎剂掺入食品或饮料中食用,对性功能衰退者是否有立竿见影的作用"。若日耳曼总是以优美的文笔回答这类问题。最后两页辟为"新奇事?"专栏。一个化名为"全巴黎先生"的人,详细综述了本周上流社会大事。上流社会?究竟是什么社会?关于蓬蒂厄街的冉娜·斯蒂克咖啡馆重新开张一事(本栏编辑称这是本月最具"巴黎"特色的大事),"可以看到奥斯瓦尔多·瓦朗蒂和莫妮克·乔伊斯到场祝贺"。"全巴黎先生"列举出席的"知名人士"中,有契尔尼切夫伯爵夫人、马戈·封唐日、维奥莱特·莫里斯;还有《血的十字架》的作者布瓦塞尔、驾驶飞机高手科斯唐蒂尼、名律师达尔齐埃·德·佩勒普瓦、人类学教授蒙唐东、马卢·盖兰、剧院经理代勒瓦瓦和利奥奈尔·德·维埃、记者苏阿雷兹、摩拉兹和阿兰洛伯罗"。然而据他称,最热闹的一桌,要算让·米哈伊先生那一席，并配上一张照片以为佐证。照片上可以认出米哈伊、马什雷、总穿马裤散步的棕发女人（她叫西尔维娅娜·玗夫），还有我父亲，笔者称之为"戴克凯尔男爵"。评论员指出："由于所有这些人出席，冉娜·斯蒂克咖啡馆充满了巴黎之夜的热闹而诙谐的气氛。"另外两张照片则拍摄了晚会的全景。光线昏暗，参加庆宴的有一百来人，叼着香烟，衣裙的开领很低。每张照片下面都有一行题词："舞台灯光亮了，幕布拉开，前台消失，出现一条站满舞蹈女演员的楼梯……歌舞《在我们镜中》开场了"；以及"华美、节奏、灯光。这就是巴黎！"不。在这聚会中有可疑的成分。这些都是什么人呢？他们从何而来？比如说靠里边坐的那个戴克凯尔"男爵"，胖胖的脸蛋，在一个香槟酒桶后边，上身略有颓势，他是何许人呢？"您对这感兴趣吗？"

在一张发白的照片上，一个成年人面对一个青年，但看不清那青年的面孔。我抬起头，只见他站到我面前：我没有听见他从"混乱"岁月的幽邃中走出来。他朝"新奇事？"专栏瞥了一眼，想了解是什么吸引了我的注意力。毫无疑问，我就像欣赏一幅版画珍品一样，鼻子几乎触到杂志上的时候，被他撞见了。

"您对社交生活感兴趣吗？"

"也不是特别感兴趣,先生。"我讷讷答道。

他把手伸给我:

"让·米哈伊!"

我站起身,故作惊讶状:

"就是您主办……"

"正是敝人……"

我随口说道:

"幸会!"然后,又勉强地说:

"我非常喜欢您办的杂志。"

"真的吗?"

他微笑了。我说道:

"办得'绝'了。"

我有意讲句行话,以便在我们之间达成默契,他听了这话微露吃惊之色。

"您的杂志,办得绝了。"我若有所思地重复道。

"您也是干这行的?"

"不是。"

他期待我进一步说明,而我却沉默了。

"抽烟吗?"

他从兜里掏出一只白金打火机,啪的一声打着火。香烟挂在他的嘴角,就好像永世挂在上面似的。

他沉吟一下，又问道：

"您看了热尔贝尔的社论啦？也许您不同意杂志的政治……倾向吧？"

"我不搞政治。"我答道。

"我之所以向您提这个问题，"他微笑着，"是因为我希望了解一下一位青年的看法……"

"承蒙美意。"

"这些编委是临时凑起来的……我们组成一个协调的班子。有从各方面来的记者：勒斯唐迪、若日耳曼、热尔贝尔、乔治昂克蒂……我也如此，不大喜爱政治。无聊，政治！"他嘿嘿一笑，"广大读者，只爱看逸闻趣事和新闻报道。尤其是照片！照片！我选了一个口号……快乐的口号！"

"生活在我们这样一个时代，需要松弛一下……"我指出。

"完全同意！"

我喘了口气，断断续续地说：

"在贵刊上，我最爱看勒斯唐迪的'姑妄听之'，非常精彩！非常生动！"

"勒斯唐迪那家伙不好惹。我并不总是同意他的政治观点。您呢？"

这一下问得我措手不及。他明亮的蓝眼睛盯住我,我知道必须赶紧回答,以免在我们之间产生尴尬的气氛。

"我吗?您想想,我的空闲时间,全用来写小说了。"

我自己都惊讶讲这话的语气竟如此沉着。

"哦,这非常、非常、非常有意思!您发表了吗?"

"去年,在比利时一家杂志上,发表了两个中篇小说。"

"您是来度假的吗?"

他猛然提出这个问题,仿佛他对我突然产生了戒心。

"是的。"

我正要补充说,我们在酒吧间和餐厅已经碰过面。

"这地方很安静,对吧?"他使劲抽烟,"我在树林边缘买了一幢别墅。您住在巴黎市区吗?"

"对。"

"除了文学创作,"他把"文学"两字说得很重,令我听出他话里有嘲讽意味,"您还有固定工作吗?"

"没有。眼下难找工作。"

"我们处于一个奇特的时期。我常想这一切该如何了结。您呢?"

"应当及时行乐。"

他很欣赏这种想法,不禁哈哈大笑。

"我们死后，管他洪水滔天！"他拍了拍我的肩膀，"好，今晚我请您吃饭！"

我们在花园里散了一会儿步。我有意搭话，说这里傍晚空气柔和，而旅馆的客房也极遂我意，正对着游廊。

我还说克洛富克雷旅馆令我忆起童年，因为从前，我常随父亲来这里。我问他对这幢别墅是否满意。他说很想多来住住，可是报社事情太忙，难以脱身。况且，他也喜欢报社的工作。巴黎市区也不乏魅力。我们找一张餐桌坐下。从花园看旅馆，觉得它像乡下的豪华建筑，我自然向他讲出这种看法。他对我说，女经理（他管她叫莫德）是他的老朋友。是莫德建议他买下这幢别墅的。我很希望他多向我讲些这女人的情况，但又怕我的好奇引起他的疑心。

我筹划已久，制定各种方案，好同他们接触。我首先打棕发女人的主意。我们俩的目光有好几回相遇。如果在柜台坐在马什雷的旁边，也很容易同他搭话。可是，我父亲生性多疑，难以单刀直入，同他接触。至于米哈伊，他令我望而却步。如何接近他呢？归根结底，倒是他解决了这个难题。我头脑中闪现一个念头。他主动跨出第一步，是不是有把握如何对付我呢？三周以来，我在酒吧间或者餐厅窥视他们每人的一举一动、一言一行，对他们表现出了极大的兴趣，这是不是引起了他的注意呢？我想起我要当警察时，有人责备我说："老弟，您永远也成不了一个出色的警探。您监视什么人，或者听人谈话时，一眼就会被人识破。您还是个孩子。"

格雷夫推着装满开胃酒的活动餐桌走过来。我们要了苦艾酒。米哈伊告诉我能在下周杂志上读到若日耳曼的一篇"精彩"文章。他说话语气亲热，仿佛早就认识我了。天色渐晚。我们都认为这是一天中最惬意的时刻。

马什雷宽宽的后背。莫德站在柜台里边，她见我们进门，便向米哈伊招手。马什雷回头张望。

"怎么样，让-让？"

"挺好。"米哈伊应道。"我请来一位客人。老实说……"他皱起眉头瞧我，"我连尊姓大名还不知道……"

"塞尔日·亚历山大。"

我在旅馆登记簿上就是写的这个名字。

"好哇，亚历山大……先生，"马什雷拖着长腔说，"我敬您一杯波尔图白酒。"

"我不喝白酒。刚才喝了苦艾酒，我直想吐。"

"您错了。"马什雷反驳道。

"这位是我朋友，叫居伊·德·马什雷。"米哈伊介绍说。

"居伊·德·马什雷·德·厄伯爵,"那位纠正说,同时拉我作证,"他不喜欢贵族姓氏的标志!先生是共和党人!"

"而您呢?是记者吗?"

"不是,"米哈伊回答,"他是小说家。"

"哦,真的吗?我本应当猜出来。像您这样的名字!亚历山大……亚历山大·仲马即法国小说家大仲马。真的,看样子您情绪不高,喝点儿白酒,保您来精神!"

他递过他的酒杯,几乎送到我的鼻子底下,并且莫名其妙地哈哈大笑。

"别害怕,"米哈伊对我说,"居伊是个大活宝。"

"亚历山大先生跟咱们一起吃晚饭吗?我能给他讲一大堆故事,他可以写进小说里。莫德,给这位朋友讲讲,我穿着军装走进'百乐门'时,引起多大的轰动。那次亮相非常浪漫,对不对,莫德?"

莫德没有应声。他狠狠地瞪她,她也毫不示弱。他哼了一声,又说道:

"况且,这些都是老皇历啦!嗯,让-让?到别墅去吃晚饭吗?"

"对。"米哈伊冷淡地答道。

"和老胖子一起？"

"和老胖子一起。"

他们这样称呼我父亲。

马什雷站起身，对莫德·迦拉斯说：

"等一会儿，您要是想去别墅喝一杯，亲爱的朋友，请不要迟疑。"

她微笑了，目光落到我身上。我们俩还一直保持客客气气的关系。假如我看见她独自一人，我很想问问她关于米哈伊、马什雷和我父亲的情况。先跟她闲聊，谈天说地，然后，逐渐进入正题。然而我担心自己不够老练。她是否发现我在他们周围绕来绕去呢？在餐厅里，我总拣离他们最近的餐桌。当他们在柜台喝酒的时候，我就坐在一张皮椅上，佯装睡觉。我背对着他们，以免引起他们的注意，可是过了片刻，我又担心他们会指着我后背议论。

"晚安，莫德。"米哈伊说道。

我也向她深鞠一躬，说道：

"晚安，夫人。"

当我们重新来到大街上，我的心开始怦怦直跳。大街上空无一人。

"但愿您能喜欢'麦克图别墅'。"米哈伊说道。

"这是本地区最美的建筑，"马什雷高声说，"我们只花几个小钱,就把它买下来了。"

他们慢腾腾地朝前走。我猛然感到要进入他们的圈套。把他们甩掉,逃跑还来得及。我两眼盯着树林边上几棵树,在我前方约一百米远,心想一个冲刺就能跑到那里。

"您先请。"米哈伊对我说,语气中有五分嘲讽、五分客气。

我望见游廊正中站着一个熟悉的身影。

"咦,"马什雷说,"老胖子已经到了。"

他微微倚着栏杆。她则穿着马裤,坐在白木扶手椅上。

米哈伊向我介绍:

"西尔维娅娜·玕夫……塞尔日·亚历山大……戴克凯尔男爵。"

他向我伸出软绵绵的手,我正面打量他。他认不出我了。

她向我们解释说,她骑马在树林遛了一大圈,刚刚返回,没有力气换衣服了。

"没关系,亲爱的朋友,"马什雷高声说道,"女人穿骑马服装,显得漂亮多啦!"

话题立即转到赛马上。她极力称赞跑马场主，那人从前是赛马骑师，名叫代代·威德梅。

我在克洛富克雷旅馆的酒吧间遇见过那人：一副獒犬的面孔，皮肤红红的，特别爱穿杜博奈牌服装，如方格呢鸭舌帽和麂皮外套。

"我们应当邀请他吃饭。您提醒我点儿，西尔维娅娜。"米哈伊说道。

他转向我：

"到时候您瞧，那是个人物！"

"对，是个人物。"我父亲怯声怯气地附和。

她向我们谈论她的马，说刚才她骑着跨越几处障碍，这就"非常说明问题"。

"对马不要姑息，"马什雷以行家口气说，"一匹马，就是用马刺和马鞭练出来的！"

他讲述一件童年往事：他那巴斯克伯父强迫他冒雨在马上待七小时。他说："你要是摔下来，就三天甭吃饭！"

"还真行，我从来没有从马上摔下来过。训练骑兵，"他声音变得庄严了，"就是用这种方法！"

我父亲轻轻吹了一声口哨，表示钦佩。他们还是谈论代代·威德梅。

"我真不明白，这个小矮子竟得到那么多女人的青睐。"马什雷说道。

"我觉得他的确很有魅力。"西尔维娅娜·玕夫指出。

"还有更精彩的呢,"马什雷生硬地反驳,"据说威德梅'开始吸毒'了……"

愚蠢的谈话,胡言乱语。一帮行尸走肉。然而,我却同这些幽灵为伍,我一闭上眼睛,就能想起一个系着白围裙的老妪来通禀晚饭已备好。

"我们可以待在游廊,今晚夜色美极了。"西尔维娅娜·玕夫提议。

马什雷却希望点着蜡烛就餐,不过最后他还承认"沐浴我们的幽蓝的夜色确有魅力"。米哈伊给大家斟酒。想必一定是佳酿。

"真棒!"马什雷惊叹,他用舌头打了个响,我父亲立即响应。

我坐在米哈伊和西尔维娅娜·玕夫中间,后者问我是否来此度假。

"我在克洛富克雷旅馆见过您。"

"我也见过您。"我对她说。

"我甚至有印象,我们的客房紧挨着。"

她眼神奇特,瞥了我一下。

"亚历山大先生非常爱看我的周刊。"米哈伊说道。

"真的吗?"马什雷十分诧异,"您可是独一份啊!如果您看了让-让收到的所有匿名信……在最近的一封信里,有人骂他是色鬼,是强盗!"

"我不在乎。"米哈伊说道。"您瞧见了吧,"他又压低声音说,"别人在新闻界把我的名声搞臭了。战前,甚至有人控告我私拆信件。我总是让伙计们眼红!"

最后几个字,他一板一眼,说得很重,而且脸上升起红晕。端上甜食了。

"您从事什么职业呢?"西尔维娅娜·玡夫问我。

"小说家。"我匆忙答道。

我后悔向米哈伊自我介绍时,安了这么一个怪头衔。

"您写小说?"

"您写小说?"我父亲重复道。

开始用晚餐以来,这是他跟我说的头一句话。

"对。您呢?"

他睁大双眼。

"我?"

"您到此地……是来度假的吗?"我有礼貌地问他。

他以困兽的目光盯住我。

"戴克凯尔先生,"米哈伊说道,同时指了指我父亲,"他住一座非常漂亮的房子,名叫'修道院',离这儿一百米远。"

"对……'修道院'。"我父亲说道。

"这名字比'麦克图别墅'响亮多了。要知道，那园子里还有小教堂呢。"

"夏尔瓦可虔诚啦！"马什雷说道。

我父亲捧腹大笑。

"对不对呀，夏尔瓦？"马什雷追问道，"什么时候穿上教袍给我们看看？嗯，夏尔瓦？"

"可惜呀，"米哈伊对我说，"我们的朋友戴克凯尔跟我们一样，他公务缠身，离不开巴黎。"

"什么公务？"我贸然问道。

"没多大意思。"我父亲回答。

"不对！"马什雷也说。"我敢肯定，亚历山大先生希望听你谈谈你所有的金融把戏。您大概不知道，"他使用挖苦的口气，"夏尔瓦是个企业家。他可以指导巴齐尔·扎哈罗夫爵士[①]！"

"别听他的。"我父亲咕哝一句。

"我觉得您特别神秘莫测，夏尔瓦。"西尔维娅娜·珏夫合拢双手说道。

[①] 扎哈罗夫（1849—1936），国际军火商兼金融家。他是世界著名富豪，被称为"死亡掮客"和"欧洲神秘人物"。

他掏出一块大手帕，拭拭额头；我猛然想起这是他的习惯动作。他不作声了。我也沉默下来。光线渐暗。其他三人在窃窃私语。我似乎听见马什雷对米哈伊说：

"你侄女给我来过电话。他妈的，在巴黎市区鬼混什么？"

听他说话这么粗鲁，米哈伊非常诧异。他，马什雷，一个德·厄家族的人，居然这样讲话！

"要是这样下去，"马什雷说，"我就解除婚约！"

"得了……得了……那可就失策了。"米哈伊说道。

西尔维娅娜趁大家沉默，讲起一个叫埃迪·帕尼翁的人，陪她在一家酒吧间喝酒，他突然举起玩具手枪，把顾客都吓坏了。埃迪·帕尼翁……这个名字好熟。是个人物吧？不清楚，不过，我喜欢这个掏出手枪威胁幽灵的人。

我父亲走过去，臂肘倚在游廊的栏杆上，我凑到他身旁。他点燃一支雪茄，若有所思地抽着烟。过了几分钟，他开始吐烟圈。其他人在我们身后低语，似乎把我们置于脑后了。即使我父亲，也无视我的存在，尽管我轻声咳嗽了好几回；我们待了许久，他吐着烟圈，而我则注视烟圈造型的完美。

我们移入客厅，从游廊走一扇玻璃门，便进入客厅。房间很大，家具陈设是殖民地风格的。在里面墙上，贴了一张纸画，色彩柔和，画的是（米哈伊后来向我解释）《保尔和维尔吉妮》的一个场面。一把摇椅、几张小桌和几把藤椅。软垫东一个，西一个（听说是马什雷离开外籍军团时从布斯比尔带来的）。三盏中国宫灯吊在天棚上，灯光暗淡。我看见搁板上放着几支大烟枪……这些古怪破旧的东西使人想到东京、南卡罗林的种植园主，想到上海的法国租界、利奥泰①管辖的摩洛哥。听米哈伊颇尴尬地对我说："这是居伊挑选的家具"，我恐怕未能掩饰住惊异之色。我坐得靠后一些。他们对着一个放酒水的托盘低声说话。从这次聚会一开始我就产生的窘迫感越来越强烈，于是思忖是否最好告辞。然而我却动弹不得，就好像噩梦中想逃离危险又挪不动脚步一样。在晚餐过程中，由于暮色昏沉，他们的言语、动作，乃至面孔，都显得朦胧而虚幻；现在，在客厅更为幽暗的灯光下，一切变得更加模糊不清了。我想我的窘迫之感，正如一个人在黑暗中摸索，徒然寻找电灯开关。随即，我神经质地嘿嘿一笑，浑身乱颤，幸好其他人没有注意。他们继续交谈，但我一句也听不清意思。他们的衣着好似来乡下小住几日的巴黎富人。米哈伊穿一件粗呢外套；马什雷穿一件羊毛衫，棕褐色极

---

① 路易·于贝尔·贡扎尔夫·利奥泰（1854—1934），法国国务活动家、军人，1912年被任命为摩洛哥总驻扎官。

为漂亮，肯定是开司米的；我父亲则穿一套法兰绒西服。他们的领口翻开，露出系得端端正正的丝巾。西尔维娅娜·玘夫的马裤，又给这一整体增添了运动的潇洒美。可是，这些装束，在这客厅里很扎眼：在这里本应看到身穿一套白麻布服装、头戴橄榄帽的人。

"您怎么离群儿啦?"米哈伊问我，"是我不好，实在不会招待客人。"

"亲爱的亚历山大先生，您还没有尝尝这醇美的白兰地呢，"马什雷说着，把一杯酒硬塞到我手里，"喝吧!"

我忍着恶心，强喝下去。

"您喜欢这间屋子吗?"他问我，"异国情调，对吧?我要带您看看我的卧室，我还在那屋挂了蚊帐。"

"居伊总怀恋殖民地生活。"米哈伊说道。

"那种地方讨厌极了，"马什雷说。他陷入沉思："真有人劝我重返那里，我就再次从戎。"

他收住话头，就好像这方面他再怎么讲，也不会有人理解。冷场许久。西尔维娅娜·玘夫漫不经心地摩挲长筒靴。米哈伊的目光追踪一只蛾子，最后见它落到一盏中国宫灯上。再说我父亲，他那状态形同虚脱，令我不安。他的下巴几乎触到胸口，额头滚下豆大的汗珠。我希望一个仆人慢腾腾走来，收拾桌子。关掉电灯。

马什雷拿一张唱片,放到电唱机上。优美舒缓的旋律。我想这曲子名叫《九月之夜》。

"您跳舞吗?"西尔维娅娜问我。

她没等我回答,我们就已经翩翩起舞。我的头在旋转。我每转一圈,父亲就在我面前闪现一下。

"您应当骑骑马,"她对我说,"如果您愿意,明天我就带您去跑马场。"

他睡着了吗?我并没忘记,他经常合眼,但那只是装睡。

"到时候您瞧,在树林里遛马,简直痛快极啦!"

十年工夫,他胖了许多。一脸青灰色,他从前可不这样。

"您是让的朋友吗?"她问我。

"还不是,但愿将来能成为朋友。"

她听到这种回答,露出惊奇之色。

"但愿您和我,我们也能成为朋友。"我补充说。

"当然,我觉得您很迷人。"

"您认识这位……戴克凯尔男爵吗?"

"不太熟。"

"他到底是干什么的呢?"

"不清楚,应当问问让。"

"我觉得他人挺怪,这位男爵。"

"唔,他大概做生意吧……"

午夜时分,米哈伊要听听最后的新闻广播。广播员的声音比平时还要尖厉。他简短地播了几条消息之后,就开始评论,声调随之变得歇斯底里。我想象他对着话筒的形象:形体瘦弱,扎条黑领带,只穿衬衣。他结束广播时,说了一声:"祝各位晚安。"

"谢谢。"马什雷说道。

米哈伊把我拉到一边,他搓了搓鼻子,把手搭到我的肩上,说道:

"对了……说说看……我刚想到一件事。您愿意合作办杂志吗?"

"您认为行吗?"

我回答有点结巴,未免可笑:您认为——认为行吗?……

"当然,我非常希望您这样一位青年,参加《如此生活》杂志的工作。除非您讨厌记者生涯?"

"哪儿能讨厌呢!"

他沉吟一下,接着口气更加亲热地说:

"我并不想使您受到牵连,因为我的杂志的性质……有点特殊……"

"我不害怕下水。"我对他说。

"您够有勇气的。"

"不过,您打算让我写什么呢?"

"哦,随您的便:一条新闻、一个专栏,或者'见闻'一类的文章。您有的是时间。"

他说最后几个字,莫名其妙地加重语气,同时紧盯着我的眼睛。

"您同意啦?"他微微一笑,"您下水啦?"

"有何不可?"

我们回到其他人身边。马什雷和西尔维娅娜·珥夫在谈论让-梅尔莫街刚开张的一家夜总会。我父亲也参加谈话:他特别喜欢瓦格拉姆林荫路的那家酒吧,老板原先是自行车运动员。

"你是说'金光酒吧'吗?"马什雷问他。

"不对,那家叫'仙境'。"父亲答道。

"你搞错了,老胖子!'仙境'是在封丹街!"

"根本不对。"我父亲坚持。

"封丹街47号。去看看怎么样?"

"你说得对,居伊,"我父亲叹道,"你说得对……"

"你们熟悉'巴迦泰勒城堡'吗?"西尔维娅娜·珥夫问道,"听说那里玩得挺快活。"

"在克利希街吗?"我父亲询问。

"哪儿是那儿!"马什雷嚷道,"在马热朗街!你又把它同'马塞尔·迪厄多内'搞混啦!你全都弄混啦!最近一次,我们的约会地点是茹贝尔街的'珠宝匣',而先生却在阿诺夫尔街的'塞札尔·勒奥纳',一直等我们到半夜!对不对呀,让?"

"没什么大不了的。"米哈伊咕哝一句。

酒吧间和夜总会的名字,像连珠炮一样讲出来,足足列举了一刻钟,整个巴黎、整个法国,乃至整个宇宙,简直成了花街柳巷,成了露天大窑子。

"您呢,亚历山大先生,您常出来玩吗?"

"不常出来。"

"那好,亲爱的朋友,我们将邀请您去尝尝'巴黎之夜的甜美'。"

他们一直边喝酒,边提起其他地方,名字不绝于耳:"阿尔莫里亚尔""扎尔达""火奴鲁鲁""舒伯特""吉卜赛""莫尼科""雅典人""梅洛迪""诙谐"。他们个个口若悬河,滔滔不绝。西尔维娅娜解开了衬衣纽扣。我父亲、马什雷和米哈伊的面孔也变了形,紫红得像猪肝,实在叫人担心。后来我只听见几个名字:"特里奥莱"、"基度山"、"卡普罗"、"瓦朗西娅"。我的头旋转起来,心想在殖民地，晚上聚会大概就像这样无休无止地延续。神经衰弱的种植园主反复咀嚼往事，极力跟抓住他们的恐惧搏斗，就怕下一次暴风雨袭击，全都完蛋。

我父亲起身，对他们说有点累了，今天夜里还有件工作要干完。

"你是去制造假钞票吧，夏尔瓦？"马什雷口齿不清地问道，"亚历山大先生，您不觉得他这嘴脸像个造伪币的吗？"

"别听他胡说。"我父亲说道。

他握住米哈伊的手，小声对他说：

"同意了，这事儿全包给我了。"

"全靠您了，夏尔瓦。"

当他过来向我告辞时，我对他说：

"我也该回去了。我们可以同行一段路。"

"很好，先生。"

"您这就走？"西尔维娅娜·玗夫问我。

"我要是您，一定防范他点儿。"马什雷指着我父亲，冲我来了一句。

米哈伊把我们送到游廊门口。

"我等着拜读您的文章，拿出勇气来！"他对我说。

我们默默地行走。我没有径直返回旅馆，而是同他走分界路，他流露惊奇之色，偷偷瞥了我一眼。他认出我来了吗？我本想问问他，但又想起他多会圆滑地回避难堪的问题。有一天，他不是对我说过"十个预审法官也拿我没辙"吗？我们经过一盏路灯，走出几米远，重又进入昏暗中。我所分辨出的房舍，似乎无人居住。风吹树叶沙沙作响。也许过去这十年，他已经忘记了世上还有我这个人。为了能和此人并肩而行，花了多少心血，想了多少计谋……我眼前重又浮现"麦克图别墅"、米哈伊、马什雷和西尔维娅娜·珏夫三人的面孔，以及站在柜台里边的莫德·迦拉斯、穿过花园的格雷夫……在这漫长的几天里，举动、言语，以及我的警觉、窥伺和惊慌。一阵恶心……我只得停下喘口气。他朝我转过身来，恰巧左首有一盏路灯，雪白的灯光将他罩住。他愣在那儿，一动不动，猛然，我差点摸摸他，好确认这并不是我的幻觉。我们继续朝前走，我想起从前我们一起在巴黎散步的情景。像今天夜晚一样，我们那时并肩闲逛。这次相识之后，我们也无非一起走走。只管走，我们谁也不打破沉默。这局面依然持续。拐个弯儿，对面便是"修道院"的铁栅门。我轻声说道："今天夜色真美，对吧？"他心不在焉地答道："对，夜色非常美。"离铁栅门有几米远，我等着他跟我握手告别。然后，我将目送他消失在黑暗里，而我则依旧站在路中间，呆若木鸡，如同一个人错过了也许是一生难再的机缘。

"到了，我就住在这儿。"他对我说。

他怯生生地指给我看在林荫路尽头依稀可见的房子。在月光下，房顶微微闪亮。

"是吗？就在那儿？"

"对。"

我们俩挺尴尬。他无疑想让我明白我们该分手了，可又看到我还不肯走。

"看样子，那房子非常漂亮。"我说道，并摆出一副信服的样子。

"的确非常漂亮。"

我听出他的声音有点烦躁。

"您是最近买的吗？"

"对。也不对！"他结结巴巴地回答。他靠在铁栅门上，身子没有动弹。

"这房子，您是租的吗？"

出乎我的意料，他的目光试图捕捉我的目光，而他是从来不正面看人的。

"对，是租的。"

一句话说得极轻，勉强听得见。

"您大概觉得我说话没有分寸吧?"

"绝无此意,亲爱的先生!"

他强挤出一个笑脸,也只是嘴唇颤动两下,就好像害怕挨上一拳,那样子真叫我可怜。此后,我一见到他就有这种感觉,乃至引起胸口灼痛。

"您的朋友都很可爱,"我说道,"今晚的聚会好极了。"

"但愿如此。"

这回,他向我伸出手来。

"我该回去工作了。"

"干什么?"

"没多大意思。算算账。"

"打起精神干吧,"我低声说道,"希望近日还能见到您。"

"很高兴再见面,先生。"

当他推开铁栅门时,我感到一阵眩晕,真想拍拍他肩膀,向他解释为了找到他,我费了多少周折。何必呢?他沿着林荫路走去,脚步缓慢,显得疲惫不堪。他在台阶上停了许久。远远望去,我觉得他的身影难以确定。在这疯狂之夜,那影子是人,还是出现的怪物呢?

他是否思忖我伫立在铁栅门外,究竟等待什么呢?

我表现了极大的耐心，终于对他们有了进一步了解。七月份，巴黎的事务不忙，他们便到乡下"安享清闲"（正如米哈伊讲的这样）。我终日跟他们泡在一起，乖乖地聆听他们的谈话。我把搜集的情况记在小卡片上，但心里却明白，这些幽灵的简历没有多大意义，然而我今天不给他们立档，就无人来做这项工作了。既然我认识他们，那就责无旁贷，把他们从黑夜中拉出来，哪怕曝一下光也好。对我来说责无旁贷，这也是内心的需要。

"米哈伊"。青年时，他就在布雷邦咖啡馆同《晨报》一伙记者打得火热。他接受了他们的劝告，进入了报界。二十岁时，干些杂务，继而当了一个专事讹诈的刊物主编的秘书。他的信条是："不用恫吓，只给点压力。"米哈伊到有关人的家中取信，他还记得常常受到冷遇，不过也有几个人极其热情，求他在老板面前美言几句，好让老板降低点要求。这些人做了"许多亏心事"。过了一段时间，他升为编辑，但受命写的文章十分单调，开头千篇一律："据可靠消息，某先生……"或者："某先生何以……"再不然："某先生果真……"接着便是"披露"，但他当了传播者，感到很惭愧。老板要求他总要用一小段弘扬道德的话结束全篇，诸如："恶有恶报"，或者用他所称的"一线希望"结尾："我们衷心祝愿某先生（或另一位先生）改邪归正。对此我们深信不疑，正如福音传教士所说：任何人处于黑夜，都要走向光明"，如此等等。米哈伊每月底领工资，心里总要难过一阵。再说，格拉蒙大街30号乙的办公室景象凄凉：褪了色的彩色壁纸，陈旧的家具，昏暗的光线。对他这样的小伙子来说，的确没有一点能令人振奋。他能在这鬼地方待了三年，也只为领取丰富的薪金。老板倒也慷慨大方，把红利的四分之一分给他。此公长相据说像雷蒙·普恩加莱①。他还不乏情感，常常陷入极度悲哀，于是向米哈伊吐露心迹，他之所以成为敲诈者，是因为同胞令他失望。他原以为他们心地善良，但很快明白大谬不然，于是他毅然决定不断揭露他们的卑劣行径，而且迫使他们"出血"。一天晚上，他突发心肌梗塞，死在一家饭馆里。他临终的话是："您要是了解！……"当时米哈伊年仅二十五岁。对他来说，那是艰难的岁月。他为几家报纸编电影和音乐厅专栏。

他在新闻界不久便声名狼藉：别人纷纷把他比作"朽烂的木板"。他自己也很苦恼，然而他既懒散，又图享乐，

---

① 普恩加莱（1860—1934），法国政治家，1913年至1920年任法兰西第三共和国总统。

不能改过自新。他总怕过穷日子，一想到身无分文的境况，就不寒而栗。只要能捞钱，他什么都肯干，不亚于吸毒者要得到毒品。

我认识他的时候，他正春风得意，终于成了报社社长。"我们所经历的乱世"使他实现了这一梦想。他利用了混乱和黑夜。在这世风日下的社会中，他如鱼得水。我百思不得其解：这样一位仪表堂堂（凡是同他接触过的人，无不称道他自然潇洒、目光明亮）时有慷慨之举的人，何以寡廉鲜耻到这种地步。他身上有一点我很喜欢：他对自身绝不抱任何幻想。他那团的一个战友擦枪时不小心走了火，子弹穿进离他心脏几厘米的部位。这话他对我重复过多少回："万一我被判处死刑而又不能减罪，行刑队可以节省一颗子弹，不必打十二发了。"

"马什雷"。生于特尔纳区。母亲是一位上校的遗孀，竭尽全力抚养儿子。这个未老先衰的女人深感受外界的威胁，盼望儿子进入修会，那样，至少他不会有什么风险了。从十五岁上起，马什雷只有一个念头：尽快离开索西埃勒鲁瓦街的那套小房间，在那里，利奥泰元帅在镜框中，好像总以温柔的目光窥视他。照片甚至还有题词："赠给德·马什雷上校。俪安·利奥泰。"不久，母亲就有重大的理由替他担忧：学习一塌糊涂，好吃懒做。因为打破了一个同学的头，他又被学校开除了。此后经常出入于咖啡馆和寻欢作乐的场所，通宵达旦地打台球、玩扑克。花钱越来越凶。母亲并未责备他。他没有罪过，全怪别人，怪那些坏蛋，怪那些共党分子和犹太人。她多么希望儿子待在床上，躲在家里……一天傍晚，马什雷沿着瓦格拉姆林荫路闲逛，他感到的那种激情，是人在二十岁无所事事时常有的一阵阵冲动。他既后悔惹母亲难过，又因兜里仅有五十法郎而恼火……再也不能这样下去了。他走进一家电影院，里边正放映《大显身手》，由皮埃尔·理查德-威尔姆执导的，讲的是一个年轻人去参加外籍军团。马什雷在银幕上仿佛看见了自己的形象。他一连看了两场，见那沙漠、阿拉伯城市和军服，简直着了魔。晚上六点钟，以外籍军团士兵自诩的居伊·德·马什雷，径直走向最近的咖啡馆，要了一杯黑醋栗酒。接着又要了一杯。次日他就要入伍当兵了。

两年之后，他在摩洛哥听说母亲去世了。儿子不在身边，她始终非常想念。他向同室的伙伴，一个叫奥迪夏尔维的格鲁吉亚人诉说内心的痛苦；那人听了，立即拉他去布斯比尔村的一家店铺，那是摩尔人开的咖啡馆兼窑子。晚会快结束时，那人灵机一动，举起酒杯，指着马什雷向人高喊:"为这个孤儿的健康干杯!"他说到点子上。孤儿,马什雷始终是孤儿。他之所以参加外籍军团,也许是要寻觅父亲的足迹。然而他所到之处,唯见孤寂、荒沙和大漠的海市蜃楼。

他带着一只鹦鹉和满身疟疾返回法国。"在那种情况,最他妈叫人腻烦的,是车站没人接。"他对我解释。他感到自己是多余的人。对耀眼的灯光、喧闹的人群,他已经不习惯了,连横穿马路都害怕,有一回到歌剧院广场,他简直惊慌失措,请一名警察拉着他过马路,到对面的人行道。后来,幸好碰见一名跟他一样的外籍军团老兵,那人在阿尔马耶街开了个酒吧间。他们俩在一起回顾了往事。那人管他吃住,收养鹦鹉,这样,马什雷才多少恢复了生活的乐趣。他深得女人的青睐;那个时代(距今已很遥远),外籍军团着实能令人怦然心动。一位匈牙利伯爵夫人、一位大企业家的遗孀、一名"流浪艺人"酒吧舞女,总之,如马什雷所称,都是"金发女郎",她们见到这个怀恋北非的小伙子,都被他的魅力所吸引,而他从她们的叹息声中,也大大地得到了实惠。出于职业观念,他经常穿着旧军服出入夜总会。像个活宝,令人开心。

"莫德·迦拉斯"。她的材料我掌握得很少。起初,她从事唱歌的行当，这种尝试毫无结果。马什雷告诉我，她曾在蒙索平原区的一家夜总会当老板娘，而那里通常只有女顾客。米哈伊甚至说，由于窝藏罪犯一事，她被判处不得在塞纳省居住。她的一位朋友买下了博西尔的克洛富克雷旅馆；多亏了那位有钱的保护人，她才得以经营这家旅馆。

"安妮·米哈伊"。她二十二岁，一头金黄秀发。果真是让·米哈伊的侄女吗？我始终没有弄清楚。她想当电影明星，想看到自己的名字"闪闪发光，到处皆是"。在扮演了几个小角色之后，她在《大搜捕之夜》中担任了主角，这部影片早已被人遗忘。我推测她跟马什雷订婚，是因为他是米哈伊最好的朋友。她对叔父（果真如此吗？）具有无限深厚的感情。如果说还能有几个人记得安妮·米哈伊的话，在他们的记忆中，她也只是一个命运不佳、但极为动人的青年女演员的形象……她要及时行乐……

关于"西尔维娅娜·珲夫"，我了解多些。出身微贱，父亲是桑松老厂的守夜工。她的青少年就是在一个小方块区域里度过的，北到多梅斯尼林荫路，南至拉佩和贝尔西码头。这地方的景色吸引不了多少散步游人。在这里经过某些地段，真以为深入偏远的省份；如要沿着塞纳河岸行走，又会觉得发现了一个废弃的港口。从贝尔西桥上通过的露天地铁、停尸间的建筑，给这里增添了无法改变的凄凉。在这令人讨厌的环境中，却存在一块宝地，激发人的梦想，即里昂火车站。西尔维娅娜·玡夫每次出门，总要来到站前。十六岁时，她就踏遍了站里的每个角落，尤为熟悉重要线路的发车站台。"国际列车软卧车厢"这几个字，使她脸蛋泛起红晕。然后，回到科尔比诺街的家中，还不断重复她永难游览的城市名称。博尔迪盖雷-里米尼-维也纳-伊斯坦布尔。她家大楼前有个花园街，黄昏时分，那里凝聚了十二区的全部烦闷和怅惘的魅力。她坐在街椅上。她何不闯一闯，登上一节车厢呢？她决心不再回家了，何况父亲整夜不归。她眼前海阔天空。

　　她从多梅斯尼林荫路，溜向人称"中国区"的胡同网（如今这个区还存在吗？一批亚洲移民在那里开了几家肮脏的酒馆、小饭馆，好像还开了好几家大烟馆）。车站周围形形色色的人在这浊气冲天的小岛上挣扎，如同跋涉在沼泽地里。她去那里恰好找到她要找的人："库克"办事处的一名旧职员。此人能说会道，仪表堂堂，靠各种非法生意混日子；对于这少女的前途，他立即有了一些很具体的方案。她渴望旅行吗？那就安排一下。他的表弟正巧是软卧车厢的检票员。两个男人送给西尔维娅娜一张巴黎—

米兰往返票。不过在要发车时，他们给她介绍了一位肥头大耳、粉红脸膛的音乐家；一路上，她不得不满足这家伙的任性而复杂的要求。回程中，她又陪伴了一位比利时企业家。这对表兄弟成功地扮演了掮客的角色，从这种旅行卖淫中大捞油水。他们全仗有一个人在软卧车厢供职，干起来得心应手，他在旅途中拉顾客。西尔维娅娜·玕夫记得有一回从巴黎到苏黎世，她在单间里连续接待了八个男人。当时她还不到二十岁。然而，应当相信的确有奇迹。在巴勒和拉绍德封区间的列车过道里，她结识了让-罗捷·阿特梅。这个眼神忧郁的青年，家里做食糖和纺织品生意，赫赫有名。他刚刚继承了一大笔财产，却不知道如何支配。况且，他连一生如何打发都不清楚。他在西尔维娅娜·玕夫身上找到了生活的意义，他对这姑娘十分敬慕，在四个月的共同生活中，对她从未有过放肆的行为。每到星期天，他都送给她一个小箱子，里面装满了首饰和银行支票，声音低沉地对她说："静观事变。"他希望她以后的生活"有保障"。阿特梅穿一身黑色服装，戴一副钢框眼镜，态度谨慎谦和，善气迎人，这种特点在老秘书身上时或见到。他对蝴蝶很着迷，并引导西尔维娅娜·玕夫也产生这种兴趣，但很快发觉这令她生厌。有一天，他给她留下这样一段话："他们要我参加家族的一次会议，肯定要把我送进一家疗养所里。我们再也不能见面了。客厅左面墙上还有一小幅丁托列托①的画。把它拿走吧。干脆卖掉吧。'静观事变'。"此后，她就再也没有得到他的音讯。多亏了这位有远见的青年，她在以后的日子里，才摆脱了对物质生活的忧虑。她还有一些风流韵事，但我忽然感到气馁，实在没有兴致记录了。

米哈伊、马什雷、莫德·迦拉斯、西尔维娅娜·珏夫……我记下他们的简历，并非乐此不疲，亦非追求浪漫色彩，何况我缺乏想象力。我关注这些被社会遗弃的人、生活在世外之人，正是要通过他们确认我父亲的不可捉摸的形象。我对他几乎一无所知。但我要编造出来。

我长到十七岁，才有生以来头一回见到我父亲。我在波尔多的圣安托万中学念书。有一天，总学监来通知我，说会客室里有人在等我。一位陌生的男子，皮肤黝黑，身穿深色法兰绒外套，他一见我进屋，便站起身。

"我是你爸爸……"

七月学年结束时的那天下午，我们又在校外相见。

"看来您通过了中学会考？"

---

① 丁托列托（1518—1594），意大利威尼斯画家。

他冲我微笑。我最后望了一眼度过八年寒窗的寄宿学校的黄围墙。

如果再往前追寻我的记忆，我看到什么呢？看到一位灰发妇人，父亲就是把我寄养在她家的。战前，她在格拉蒙街弗罗利克酒吧照管衣帽间，退休后到利布尔讷定居。我就是在她家长大的。

后来，我就去波尔多上中学。

下雨了。父亲和我并肩行走，沉默不语，一直走到夏尔特龙码头大街，那里住着我的代家长佩萨克一家。（他们属于靠葡萄酒和白兰地发迹的显贵，我真盼那些显贵很快衰败。）在他们家度过的每天下午，是我最苦闷的时刻，我不愿提起。

我们登上宽大的楼梯。佣人来给我们开门。我径直跑到杂物间，我曾请他们允许我把一只装满书籍的箱子放在那里（布尔热、马塞尔·普雷沃和杜维尔努瓦的小说，全是中学严禁看的书）。我突然听见佩萨克先生生硬的声音："您在这儿干什么？"他是问我父亲。他又看见我拎着箱子，便皱起眉头："您要走？唉，这位先生是谁？"我迟疑一下，接着嘟囔道："我父亲！"显然他不相信，怀疑地问："如果我看对了的话，您要像贼一样溜掉啦？"这句话深深地刻在我的脑海里，因为，我们父子俩的确像当场被抓住的小偷。面对这个蓄留胡子、身穿褐色便袍的矮个男人，我父亲不停地咬着雪茄，以掩饰窘态。我也只有一个念头：赶快溜走。佩萨克先生转向我父亲，好奇地打量他。这时候他夫人也来了。接着，他女儿和大儿子相继出现。他们站在那儿，默默地端详我们，我就感到我们俩成了越墙而入、闯进这富户内宅的窃贼。当我父亲将烟灰抖在地毯上时，我看出他们的表情又鄙夷又开心。那女孩扑哧一声笑了。她哥哥，一个满脸疱疹的毛头小伙子，摆出一副英国人的潇洒派头（这在波尔多很流行），他居高临下地嚷了一声："先生也许要用烟灰缸吧？""好了，弗朗索瓦、玛丽，"佩萨克夫人低声说道，"不要这么粗鲁。"她着重说出这句话，眼睛直盯着我父亲，仿佛要他明白"粗鲁"这个词是说给他听的。佩萨克先生仍旧一副鄙夷不屑的神态。我想是我父亲的浅绿色衬衫让他们不自在。面对这四个人明显的敌意，我父亲好似一只被罩住的大蝴蝶。他摆弄着雪茄，不知该在哪儿掐灭好，于是朝门口退去。那些人伫立不动，恬不知耻地赏玩他的尴尬神态。我忽然对这个我还不大了解的人萌生了感情，朝他走去，高声对他说："先生，请允许我拥抱您。"拥抱完了，我又从他手指间拿过雪茄烟蒂，往佩萨克夫人十分珍爱的细木雕上仔细捻灭。我扯了扯父亲的衣袖。

"这就够了，咱们走吧。"我对他说。

我们去"豪华"旅馆取他的行李，然后乘出租车到圣让火车站。在火车上，我们开始交谈。他向我解释说，由于"生意"的原因，他没有跟我通音信，不过此后我们到巴黎一起生活，再也不分离了。我讷讷地说了几句感谢的话。"其实，"他出其不意地对我说，"您一定吃了不少苦头……"他让我不要再称他"先生"。我们在沉默中过了一小时。他要我陪他去餐车吃饭，我谢绝了；趁他出去的工夫，我翻看了一下他放在座位上的黑色皮包。里边只有一本南森的护照，跟我同姓，但有两个名字：夏尔瓦、亨利。他生在亚历山大，我想象当年那座城市还有特殊的光彩。

他回到车厢，递给我一块巴旦杏蛋糕，这动作令我甚为感动。他问我是否已是"业士"了（他轻声说出"业士"，仿佛这个词令他敬畏）。他听了我肯定的回答，便严肃地点了点头。我贸然向他提出几个问题：他为什么到波尔多来接我？他是如何打听到我的踪迹的？每个问题他都避而不答，只是含混地打个手势，或者搪塞一句："我以后向你解释……"，"以后你会明白的……"，"生活嘛，要知道……"。接着叹息一声，显出若有所思的神态。

巴黎——奥斯特里茨。他犹豫了一下，才把地址告诉出租汽车司机。（后来还发生过类似情况，他让车把我们拉到格雷奈勒码头大街，而我们却住在凯勒曼林荫大道。由于频繁迁居，我们往往把住址搞混，待明白过来，已是马后炮了。）眼下，则住在维拉雷-德约耶兹花园街。我想象那是个花园，泉水淙淙，鸟儿鸣唱。其实不然。原来是个死胡同，两侧排列豪华的大楼。我们那套房间在最顶层，临街的窗户造型奇特，宛如牛眼。三间屋子，天棚很低。"客厅"里只摆了一张大桌子、两张用旧的皮面扶手椅。墙上糊的是玫瑰主色调的壁纸，"如意"壁纸布的仿制品。一只青铜大吊灯（不过，我这种描写没有把握，维拉雷-德约耶兹花园街的这套房间，同菲利克斯-富尔林荫路的那套房有何差异，我分辨不清。两套房间里都散发着霉味）。父亲指定我住小房间。席地铺了一张垫子。"实在抱歉，没有舒适设备，"他对我说，"再说，我们在这住不了多久。睡个好觉。"好几个小时我都听见他踱来踱去。我们的共同生活就这样开始了。

起初，他对我很客气；很难看到父亲对儿子这样彬彬有礼。当他同我讲话时，我感觉得到他在尽量把话讲得准确精练，然而适得其反，他越来越咬文嚼字，结果绕在里边转不出来，总是一副抱歉和准备受责备的神情。他把早点送到我铺前，举止庄重，与这种环境极不相称，因为我房间的壁纸多处撕破，天棚吊着没有罩的灯泡，拉窗帘时则压得横杆渐渐沉下来。有一天，他直呼我的名字，立即感到无地自容。我为何如此受尊重呢？后来他亲自写信寄往波尔多，要求给我寄来文凭证书，我这才明白我受尊重多亏了我的"业士"文凭。证书一到手，他就让人镶在镜框里，挂在"客厅"的两扇"窗户"之间。我还发现他复制了一份，放在皮包里。有一天晚上散步，偶然碰上两名治安警察，让我们出示证件，我父亲见他们看着南森护照困惑不解，就把复制的文凭亮出来，说他"儿子是业士"，并重复了五六遍……晚饭之后（我父亲经常做一道他称为"埃及米饭"的菜），他点着雪茄，凝望我的文凭，目光变得越来越不安，最后干脆沮丧了。他的"生意"，他向我解释说，屡遭挫折。他是一个好强的人，从青少年起就同"严酷的生活现实搏斗"，现在感到"疲倦"了，他讲"我灰心丧气了……"说这话的神态，给我留下极深的印象。接着，他扬起头："然而您，您前途无量！"我礼貌地点点头……"尤其您有'业士'文凭……假如我交好运，有这样的文凭……"他的声音哽咽了，"'业士'文凭，毕竟是一种资历……"这句话如今还在我耳畔回响，令我激动不已，就好像听到一支往昔的乐曲。

至少过了一个星期，我还不知道他究竟干什么事。我听见他一大清早就出去,到做晚饭时才回来。他从一个黑色漆布袋里掏出食品:辣椒、大米、调料、羊肉、猪油、糖渍水果、粗面粉。然后,他系上围裙,褪下戒指,将带回的食品放到锅里,做好菜,便对着文凭坐下,并请我入座,我们用晚餐。

一个星期四下午,他终于要我陪他出去。他要去卖一张"极其难得"的邮票,为此兴奋不已。我们沿着"大军"林荫路走去,来到香榭丽舍。那张邮票用玻璃纸包着,有好几次他拿出来给我看。据他说,那是科威特唯一的一张,名为《拉齐德王子与万花景》。最后,我们到达马里尼方形广场。夹在剧院和迦布里埃尔林荫路之间的这个空场,正是邮票集市。(如今还存在吗?)人们三五成群,扎堆低声交谈,打开小箱子,俯身察看里边的货色,翻阅邮册,手里挥动着放大镜和小钳子。这种居心叵测的骚动,这些形同外科医生与密谋者的人群,引起我极度不安。我父亲很快就挤进更加密集的一堆人里。十来个人围住了他,争相了解这张邮票是不是真货。四面八方提出问题,问得我父亲措手不及,答不上一句话。他这张《拉齐德王子》为什么是橄榄茶色,而不是胭脂红色?真有十三并十四边齿吗?有没有"更改票值的印记"?有没有丝线头?它不是属于"多种边框"一套的吗?是否检查了它"变薄"的情况?口气越来越激烈。那些人骂我父亲是"骗子",是"无赖",指责他要"兜售的蹩脚货",连《世界之冠》目录中都没有列入。一个最激烈的家伙揪住我父亲的衣领,抡臂给了一个耳光。另一个接连给他几拳。为了一张邮票,他们肯定会要他的命(人心由此可见一斑),想到这一点,我忍无可忍,终于冲进人群。幸好我手里有把雨伞,乱抡几下,趁着吓退他们的工夫,把我父亲从这帮行凶的集邮者手中抢出来。我们一直跑到圣奥诺雷区。

由于我救了他的命,在后来的日子里,父亲就把他经营的"生意"向我和盘托出,并建议我当他的帮手。他的二十来个主顾,都是些轻率的人,分散在法国各地,他利用专业杂志同他们联系。那些人都收集成癖,迷恋五花八门的物品:旧通讯电话簿、胸衣、水烟筒、明信片、贞洁带、留声机、乙炔灯、艾奥瓦鹿皮鞋、薄底跳舞皮鞋……我父亲在巴黎到处搜罗这类旧货,打成邮包寄给有关主顾。他事先向他们索取的大笔汇款,同旧货的实际价格毫无关系。一个顾客预付十万战前旧法郎。另一个顾客则付了三十万,要他把收集到的瓦尔德克·卢梭[①]的半身像和

[①] 瓦尔德克·卢梭(1846—1904),法国政治家。

头像，优先留给他……我父亲想在这类"神经病人"之间争取更多的顾客，打算成立"法国收藏家协会"，自任主席，掌管财务，为此要求他们大量出资。然而，那些收藏家令他大失所望。他终于明白他们不会任他摆布。其实，那些收藏家头脑冷静，十分狡猾，而且寡廉鲜耻，冷酷无情。很难想象得出那些形容猥琐的家伙所掩饰的计谋和残忍。为了一张黄褐色涂改票值印的邮票，或者一张有打孔线的日本邮票，犯下了多少罪行。我父亲吃了一次亏，记住了自尊心所受的伤害，再也不想去马里尼广场进行可悲的冒险。起初，他用我跑跑腿，但我要显示主动性，向他谈起他还从未想到的一条财路：珍本爱好者。他挺赏识我的想法，并放手让我干。我还未涉世事，不了解生活，但是在波尔多，我啃过朗松编的文学史，熟悉所有法国作家，哪怕是最平庸、最无名气的作者。要是不经营书籍，我这点歪才能干什么用呢？然而不久我就发觉，极难廉价购到珍本。我只弄到一些二流作品的最初版本，有伏泰尔、菲尔南·格雷、欧仁·德莫尔德……偶然一次，我到茹弗鲁瓦渡口，花三点五法郎买了一本《材料与记忆》，翻开一看，扉页上有柏格森[①]给让·饶勒斯[②]奇特的题词：

[①] 亨利·柏格森（1859—1941），法国哲学家。
[②] 让·饶勒斯（1859—1914），法国政法家、哲学家和历史学家。

"你何时才不再称我小姐呢?"两位专家确认那是大师的手迹,于是这个珍本,我以十万法郎出手,卖给一位收藏家。

初次成功,我信心倍增,干脆亲手伪造题词,披露某一作者的隐私。我模仿手迹最得心应手的,莫过于夏尔·莫拉斯和莫里斯·巴雷斯。一本莫拉斯的作品,只因写上短短一句:"献给列翁·布鲁姆,以示我仰慕之心。能否与您共进晚餐?人生如此短暂……莫拉斯。"就卖了五十万法郎。巴雷斯的一本《背井离乡》竟卖至七十万法郎,也无非伪造了给德雷福斯上尉的题词:"勇敢,阿尔弗雷德。亲切问候。莫里斯。"不过我已明白,最能吸引顾客的是作家的私生活,因此,我伪造题词的内容越来越下流,售价却越来越高。我选中了一些当代作家,由于有的还在世,为避免官司,我还是掌握分寸,适可而止。总之,我在他们身上赚了不少钱。

我们就是这样搞非法生意,买卖还挺兴隆,反正是盘剥那些头脑不健全的人。如今回想起那种手段,我心中不胜酸楚,真希望自己一跨入生活,就堂堂正正地做人。然而,一个青年无依无靠,在巴黎能有何作为呢?这个不幸者又有什么办法呢?

父亲自然花些钱买衬衣领带,而审美的眼光并不高明，但他也企图拿这资本到交易所去投机。我看见他倒在扶手椅上，一打打股票捧了满满一抱……他把股票堆在我们相继住过的套间的过道里，经常查阅，挑选，登记造册。我终于弄清楚，这些股票都是一些倒闭的或早已不存在的公司发行的。然而他却坚信股票还有用，还能投入市场。"等我们到交易所一开价……"他一副小调皮的样子对我说。

记得我们买了一辆廉价的老式小汽车，夜晚常驾驶这辆塔博牌旧车在巴黎街头兜风。出发之前，总是奉行抽签仪式。二十几张纸签摊在客厅里桌腿长短不齐的桌子上，随意抽出一张来决定我们的路线：巴蒂尼奥勒至格雷奈尔，欧特伊至庇克普，帕西至拉维莱特。再不然，我们就驱车去有秘密名称的一个街区，诸如云杉、白宫、仙境、美洲、冰川、乐园、小波兰……我的脚跟只要踏到巴黎某些敏感的地点，往事就像泉水一般喷出。例如，那个意大利广场，当初我们在兜风途中就曾停留过……那儿有家咖啡馆，打着"月光"的招牌。将近凌晨一点钟，音乐厅的所有落魄艺人，都在那儿粉墨登场：战前的手风琴手，头发斑白而神情倦怠、想在台上再现青年时灵活舞姿的探戈舞蹈演员，演唱弗雷埃尔或素西·索利道的全部曲目的涂脂抹粉、庸俗可笑的歌女。几个穷困潦倒的流浪艺人前来串场,在中间穿插些节目。坐在前排的那些先生头发油光锃亮,嘴上叼着香烟。这是我父亲喜欢的一个去处,他兴味十足地凝视那些幽灵。我始终没有弄清那是何缘故。

此外,那个地下妓院也不要忘记,它在雷伊林荫路73号,与蒙苏里公园毗邻。我父亲常去那里,同二鸨儿没完没了地密谈;那女人一头金发,有一张娃娃脸,和他一样,也是从亚历山大城来的。他们俩追忆往事,频频叹息,谈起西迪比什尔的晚会、帕斯特鲁迪酒吧间,以及许许多多如今已不复存在的东西……在巴黎十四区的这块埃及领土上,我们往往一直待到拂晓。当然,我们游逛(或者逃避?),也到其他街区场所。米拉林荫大道有一家夜餐馆,坐落在一群高楼中间;餐厅里总是空荡荡的,一面墙上挂了一幅达尼埃尔·罗普斯[①]的大照片,不知是何用意。在马约和尚普雷之间,还有一家仿"美"式酒吧间,那是在赛马中下赌注者聚集的中心。有时我们一直闯到巴黎最北边,那是码头和屠宰场区,我们就到茹安维尔广场旁边、濒临乌尔克运河的"蓝牛"咖啡馆小憩。父亲偏爱那地方,因为那里颇像安特卫普市的圣安德烈区,令他想起他从前在安特卫普羁留的情景。有时我们往东南方向行

[①] 达尼埃尔·罗普斯(1901—1965),法国作家、历史教授,1955年被选入法兰西学院。

驶，只见两侧绿树成荫，便知道快到万森树林了。多梅斯尼广场旁边的"雷莫"小吃店深夜还在营业，于是我进去歇歇脚。那个糕点冷饮店老板神情忧郁，是在温泉浴疗养地常见到的那种人，除了我们，似乎没有人认识他。还有一些地方如潮涌向我的记忆。我们的几处住址：凯勒曼林荫大道65号，举目便是让蒂伊公墓；勒迦尔街的那套房间，有一个原来房客丢下的八音盒，我卖了三万法郎；菲利克斯-富尔街的那幢豪华大楼，门房每次迎接我们都说："犹太人来啦！"再不然，就是位于冬季自行车赛场附近，在格雷奈尔码头大街的破旧三居室里所度过的夜晚。停电了。我们臂肘倚在窗台上，观看来来往往的露天地铁。我父亲穿着一件有破洞的便袍，他指着河对岸的帕希城堡，不容辩驳地说："有朝一日，我们要在特罗卡戴罗那区有个公馆！"但是在此之前，他常约我在各大饭店的门厅见面。在那种地方，他才觉得提高了身份，更能实现他的巨额生意的计划。他在大饭店一待就是一下午，不知有多少回我去那里找他："壮丽蒂克""大陆""光明里""阿斯托里亚"等旅馆……这些短暂逗留的地方，恰恰适合他那样一颗漂泊不定的脆弱心灵。

每天早晨，他在圣保罗花园街的"办公室"接待我。那间屋很大，但只有一把柳条椅子和一个帝国时期式样的写字台。我们当天要寄走的包裹靠墙堆放着。我们把收件人的姓名地址登在目录簿上之后，便商量工作。我向他汇报我买下并准备出手的书籍，以及伪造题词的技术细节。不同作者的作品，要用不同的墨水、羽毛管笔或钢笔。我们核查账目，仔细阅读《收藏家通讯》。然后，我们把包裹搬下楼，胡乱堆放在塔博牌车的后座上。干完这种装卸工的活儿，我就筋疲力尽了。

父亲去各火车站发运货物。下午，他去雅维尔街区，在他仓库的旧货堆里挑出二十来件能引起客户兴趣的器皿，运送到圣保罗花园街，再行打包。而后，他重新搜罗上货。客户的要求，我们必须尽快答复。那些疯子总是急不可耐。

我则去干我的一摊活，手拎箱子，直到天黑，就在共和国广场、林荫大道、歌剧院大街和塞纳河畔兜揽生意，但走到巴士底为止。这些街区各有魅力。圣保罗街区，是我梦想安度晚年的地方。只要开个小店铺，做点小买卖，我就心满意足了。当然，在巴维街或西西里王街更好，命里注定，迟早要回犹太人区。在神庙街区，我就感到旧货商人的本能苏醒了。一到野径街区，我就想到可怜的父亲；这个东方的小公国包括开罗广场、尼罗街、本艾亚德路和阿布齐尔街。头四个区划分成许多省份，相互交错，我最终还是辨识了一条条无形的边界线。格雷内塔、马伊、圣厄斯塔什海角、维托利亚……我的最后一站，是维维埃娜商廊的小米里乌书店。到那儿已是黄昏时分，我巡视书架，坚信能找到所需要的书籍。小米里乌太太收藏了近百年的文学作品。多少作者，多少作品被不公正地遗忘……看着这情景，我们十分伤感。这些人花了多少心血，全付诸东流……她和我，我们只好聊以自慰，相互肯定，说世上还有皮埃尔·昂普、让·何塞·弗拉帕的崇拜者，而且迟早有一天，菲斯歇兄弟能出十八层地狱，得见天日。说完这些慰勉的话，我们就分手了。维维埃娜商廊的其他店铺，似乎关闭了一个世纪。有一家音乐商店的橱窗里，陈列着三份已经发黄的奥芬巴赫的乐谱。我坐在箱子上，时间停止在七月王朝与第二帝国之间的某一点上。在通道的尽头，书店里射出微弱的灯光，我勉强看清小米里乌太太的身影。她守店铺要到什么时候呢？可怜的老哨兵。

　　再往远看，是王宫饭店的空寂的拱廊。想当年，那里歌舞升平。俱往矣。我穿过王宫饭店花园，周围一片岑寂，夜色柔和，回想起逝去的年代和未履行的诺言，不禁感到痛心。法兰西剧院。路灯炫目。如同猛然浮出水面的潜水员。我要到香榭丽舍的一家客店去见"爸爸"，我们好跟往常那样,驾驶塔博牌小汽车在巴黎街头兜风。

歌剧院林荫路在我面前展开,并引向其他林荫路、其他街道;它们就要把我们投向各个方位基点。我的心跳加速。种种情况捉摸不定,而我唯一的基准点,唯一坚实的场地,就是这座城市的十字街头和人行道;毫无疑问,我最终还要在这里踽踽独行。

不管多么心酸,现在我还要讲到"乔治五世地铁的那段痛心事"了。几周以来,我父亲对"小环线"极感兴趣,这条巴黎环城铁道早已废弃。莫非他打算通过认购股票使环铁重新营运?或许向银行贷款吧?每逢星期天,他就要我陪他去郊区,沿着旧铁道徒步走去,沿线各车站已经弃置不用,或者改为仓库了。荒草覆盖了铁轨。我父亲不时停下,在记事本潦草地写几笔,或者画个不像样的图形。他还在做什么梦?也许他在等待一列永远不会驶过的火车吧?

六月十七日这个星期天,我们沿小环线穿过十二区。一路并不顺利。快到蒙唐普瓦夫街时,小环线同万森铁道相连接,结果我们迷失了,在这铁道的迷魂阵里转了三个小时,搞得晕头转向,最后决定乘地铁返回。看样子父亲对这一下午很不满意。通常我们探路回来,他总是情绪高涨，并让我看他的笔记。他向我解释说，很快就能搞出小环线的可靠材料，并转给当局。

"就等着瞧吧。"

瞧什么？我不敢问他。然而，六月十七日那个星期天傍晚，他的一腔热忱顷刻间消散。在万森讷伊的地铁车厢里，他一页页扯下记事本，并撕成碎片，随撕随抛，如同抛彩纸屑。这种梦游人一般的举动，这种既狂怒又细心的表现，是我在他身上从未见过的。我极力劝他冷静下来，对他说因为一时冲动，毁掉如此重要的工作成果，实在可惜，我完全相信他有组织才干。他那无神的目光盯着我。我们到乔治五世车站换车，在站台上等待。父亲还在我身后赌气。等车的人渐渐多起来，跟乘车高峰时差不多。这些人都是在香榭丽舍大街散完步，或是看完电影准备回家的。人挨人，十分拥挤。我站在道边头一排，无法后撤。我转身看看父亲，只见他脸上淌汗。地铁列车进站的隆隆声。就在车进站的一刹那，有人在我背上猛推一把。

后来，我发觉自己躺在车站的长椅上。一小堆人围着我看热闹，他们议论纷纷，其中一个俯身对我说我"幸免于难。"另一个戴制帽穿制服的人（无疑是地铁职员）说要去"报警"。我父亲缩在后面，不时干咳几声。

两名治安警察扶我站起来，架着我的双臂穿过车站。行人纷纷回头看我们。我父亲脚步迟疑，跟在后面。我们上了停在乔治五世林荫路旁的囚车。富凯咖啡馆露天座上的顾客，正在享受夏日的美好黄昏。

我们并排坐着，父亲垂着头，两名警察坐在对面，一言不发。车开到克莱芒马罗街5号警察分局门前停下。我父亲犹豫一下，才跟着走进去，他的嘴唇向外翻，神经质地翕动。

两名警察和一位瘦高个儿的人交谈几句。是警长吧？他要我们出示证件。我父亲显然很勉强地把南森护照交给他。

"是难民？""警长"问道……

"不久我就能获准加入国籍。"我父亲低声回答，这种回答肯定是他事先想好的。"不过，我儿子是法国籍，"他声音极轻地加了一句，"还是业士……"

警长转向我：

"您险些摔到地铁车轮底下吗？"我沉默不语。"幸好有人拉住您，否则后果不堪设想。"

的确，在我失去平衡的一瞬间，有人眼疾手快，刚好抓住我，救了我一命。但那一时刻的情况，我记忆很模糊。

"当您被人抬到车站的长椅上时,"警长又说,"您怎么会连喊好几声'杀人犯'呢?"

随即他又问我父亲:

"您儿子患有迫害恐惧症吗?"

不待我父亲回答,他又转向我,出其不意地问:

"也许有人在背后推了您一把?好好想想……不要着急。"

在办公室里侧,一个年轻人正在打字。警长坐在办公桌后面,正查阅一份材料。我和父亲坐在椅子上等待。我以为他们把我们忘记了,但警长终于抬起头,对我说道:

"如果您有什么话要讲,请不要犹豫。我在此就是处理这种事情的。"

那个年轻人不时给他送来一张打好字的公文纸,他用红墨水改几笔。要把我们留到何时呢?警长指着我父亲:

"是政治难民还是普通难民?"

"普通难民。"

"那就好。"警长说道。

说罢,他又全神贯注地看起材料。

时间慢慢过去。我父亲显得很烦躁,用力搓手,现在想来,他恐怕手皮都搓破了。总而言之,他在我的掌握之中,而且深知这一点,否则他为什么几次向我投来不安的眼色？我应当承认明显的事实：有人要把我推下火车道，让列车把我碾成肉饼。推我的人，正是坐在我身边这个南美人模样的先生。证据：当时我感到他的戒指触到我的肩胛骨。

警长仿佛看出了我的心思，漫不经心地问我一句：

"您同您父亲相处得好吗？"

（有些警察有明察秋毫的天赋。比如，一位情报局的便衣警探退休后，便男扮女装，号称"杜巴伊夫人"，开办了"先知先觉"咨询所。）

"我们相处得很好。"我回答说。

"您有把握吗？"

他提问时神情倦怠，并立即打呵欠。我确信他已完全清楚，但对此案并不感兴趣。一个青年被父亲推下地铁，类似的案件他无疑见得多了。寻常公事。

"再说一遍，如果您有话要对我讲，我洗耳恭听。"

然而我明白，他这样问我，纯粹出于礼貌。

他打开写字台上的灯。那人还在打字。显然他想把工作赶完。啪啪的打字机声响像催眠曲，我的眼皮直打架。为了克制睡意，我就仔细观察这间办公室各个角落。墙上挂着一份派出所一览表和共和国总统照片。杜梅？麦克马洪？阿贝尔·勒布伦？那是一台老式打字机。我断定六月十七日这个星期日,将是我一生重要的一天;我暗暗转向我父亲,只见豆大的汗珠顺着他的鬓角滚下来。其实,他并没有杀人犯的那种恶相。

警长俯在那个年轻人的肩头上,看他打字进展如何,并小声指点几句。三名警察突然进来。也许他们要把我们送到拘留室。这种可能性于我倒无关痛痒。其实不然。警察眼睛盯着我:

"怎么样?没什么要说的?"

我父亲呻吟了一声。

"好吧,先生们,请自便吧……"

我们信步走着。我不便贸然要求他解释。到特尔纳广场,我凝望着"洛林啤酒店"的霓虹灯招牌,尽量以平淡的声音说:

"总之,您是要杀害我……"

他没有回答。我担心他像不让人靠近的鸟儿一样惊慌失措。

"要知道,我并不怨恨您。"

我指着啤酒店的露天座:

"去喝一杯好吗?该庆贺一下!"

最后这种讲法,引他露出一丝笑容。我们入座时,他有意不坐在我对面,而且姿势跟在囚车里一样:弓着背,低着头。我给他要了两杯"波旁",他爱喝这种美国威士忌酒;我自己则要了一杯香槟酒。我们碰了杯,但并非衷心祝愿。出了这件遗憾的地铁事件,我本希望我们之间把事实澄清。不可能。我面对的是一种巨大的惯性,只好不再坚持了。

邻桌的顾客聊得正起劲。空气柔和,令人心旷神怡。人人都感到轻松舒适,感到生活的乐趣。而我,年仅十七岁,父亲却要把我推到地铁车下,可谁也不关心这种事。

到了涅尔林荫路,我们又进了"佩特里桑"的那家别有风味的酒吧,喝了最后一杯酒。一位老叟步履蹒跚地走进来,坐到我们餐桌旁,并向我谈论弗兰格尔①部队。我想他从前准是那支部队的军人。回忆起那段军旅生活,他伤心极了,以致潸然泪下。他不肯离开我们,紧紧抓住我的胳膊。俄国人过了半夜,总像这样黏黏糊糊,激动不已。

我们沿着林荫路朝特尔纳广场走去。我父亲离开我们几步,走在前边,好像同这样寒酸的人为伍让他感到耻辱。他加快脚步,我眼看他钻进了地铁入口。当时我想,此后再也不会见到这人了。我确信无疑。

这个老军人抓住我的胳膊,伏在我的肩头哭泣。走到

---

① 弗兰格尔男爵(1878—1828),俄国将军,曾率一师哥萨克骑兵参加第一次世界大战。十月革命后,他先后成为白军副统帅、统帅。

瓦格拉姆林荫路，我们坐到街椅上。他非要向我详细讲述不可，讲述白军的苦难历程、土耳其的大溃败。最后，那些英雄军装褴褛，流落到君士坦丁堡。多悲惨啊！据说，弗兰格尔男爵将军身高超过两米。

您变化不大。刚才，您走进克洛富克雷，那步伐姿态还同十年前一样。您坐到我对面，我都准备给您要两杯美国威士忌，然而我认为这样未免失礼。您还认得我吗？跟您在一起，永远也了解不到什么情况。摇动您的肩膀，盘问您，又有什么用呢？我心里琢磨您配不配我对您这样感兴趣。

有一天，我猛然下决心去寻找您。我情绪低落到极点。须知局势恶化，令人担忧，山雨欲来风满楼，大祸将至。我们生活在一个"奇特的时期"。无所依托。于是我想起还有个父亲。当然，我经常想到"乔治五世地铁车站的痛心事件"，但我对您并无丝毫怨恨。对有些人，什么都可以原谅。十年过去了。您的情况如何？也许您需要我。

无论见到茶馆女招待、酒吧侍者还是饭店门卫，我都要打听。我是从"银环"酒吧的弗朗索瓦那儿了解到您的行踪。据说，您同一帮快活的夜猫子打得火热，那团伙的头面人物是米哈伊和马什雷两位先生。后者的名字我不熟，但知道前者的名声：一个兼搞敲诈与秘密经营的记者。一周之后，我看见您走进克莱伯林荫路的一家餐馆。您会原谅我的好奇心，我也跟了进去，坐到您的邻桌。又找到您，我很激动，想上前拍拍您的肩膀，但是再一观察您的几位朋友，我就放弃了这种念头。米哈伊坐在您左首，他那一身华丽的穿戴，一眼望去就令我生疑，显然他是"附庸风雅"之徒。马什雷向周围的人宣称"这里的肥鹅肝难以下咽"。我记得还有一位棕发女郎和一个金黄鬈发的男人，二人浑身上下无处不散发道德的腐臭。至于您，很抱歉，您在我看来状态也不佳。（是由于您那打了发蜡的头发、您那比往常更茫然的目光吗？）看到您同这种"朋友"结成一伙，我感到很别扭。那个黄鬈毛炫耀着大把钞票，棕发女人则粗鲁地斥骂司厨长，马什雷更是开些不堪入耳的下流玩笑。（后来我就习以为常了。）米哈伊谈论他的乡间别墅，说在那里"度周末无比惬意"。我终于听明白，这伙人每周都在那里聚会。您也是其中一位。于是我情不自禁，渴望到那迷人的度假胜地去找您。

现在，我们对面坐着，怒目而视，我可以从容地端详您，"我害怕"。您在塞纳马恩省的那个村庄，跟这伙人干什么呢？首先，您是如何认识他们的呢？我确实由于爱您，才会在这崎岖的路上追随您的足迹。您却毫无感激之情！也许我搞错了，但我实在觉得您的生活极不安稳。我推想，您还一直没有国籍，"在这种年头"，这种状况会带来极大的麻烦。我本人也丢了身份证，只剩下您视若至宝的这个文凭，然而今天我们正经历史无前例的"价值危机"，这文凭也就一钱不值了。我要不惜任何代价保持冷静。

再说马什雷，他拍着您的肩膀，管您叫"我的夏尔瓦老胖子"。他却对我说："晚上好，亚历山大先生，您来杯美国威士忌吧？"我怕惹他不快，才勉强喝下这令人作呕的饮料。我真想了解是什么利害关系，把您和这个外籍军团的老兵结合起来。倒卖外汇？您从前经营过的股票交易？"再来两杯美国威士忌！"他冲司厨长格雷夫喊了一声，然后转向我："这酒像乳汁一样好喝，对吧？"我一喝，可把我吓着了。别看他表面那么乐呵，我倒怀疑他特别危险。可惜我们，您和我的关系没有超出纯粹客气的界限，因为，我总想让您提防这家伙。也提防米哈伊。"爸爸"，您跟这种人来往，实在不应该。他们迟早会把您耍了。我这守护天使的角色，能否有力量担当到底呢？我徒然地窥伺您友善的一个眼神、一个手势（您即使没有认出我来，总可以向我多表示一点关切吧），但什么也不能扰动您这土耳其式的冷漠。我都考虑我是否有必要留在这里了。首先一点，在这儿酒喝多了，毁了我的健康。其次，这仿乡村的环境中，我的情绪也沮丧到极点。马什雷劝我尝一尝一种"玫瑰夫人"酒，从前在"布斯比尔兵营"，他让"所有朋友"领略了这种鸡尾酒的美味。我真怕他又要向我唠叨外籍军团和他的疟疾。不料他却转向您：

"怎么样，夏尔瓦，您考虑了吗？"

您回答的声音几乎听不见：

"我考虑过了，居伊。"

"那就对半分啦？"

"包在我身上，居伊。"

"我跟男爵商谈大宗买卖，"马什雷对我说，"对不对，夏尔瓦？应当庆贺一下！格雷夫，请拿三杯苦艾酒来！"

我们碰了杯。

"用不了多久，我们就要为我们头一个亿万富翁庆贺啦！"

他在您背上狠拍了一巴掌。我们应当尽快离开此地。然而去哪儿呢？您和我这种人，说不定在哪个街头就可能被抓起来。下火车出站、电影散场、离开饭店，没有一天不碰见大逮捕。千万避开公共场所。巴黎好比遍布陷阱的幽暗的森林，只能摸索着行进。您将承认，的确要有钢铁般的意志。炎热也欺人太甚。我从未经历过这么酷热的夏天。今天晚上特别闷热。要把人闷死。马什雷的衣领被汗水湿透了。您也汗流满面，汗珠在下颏儿颤动，一瞬间便有节奏地掉在餐桌上，而您干脆不擦脸了。酒吧的窗户全关上了，没有一丝风。我的衣裳贴在身上，就好像刚被暴雨淋过。我无法站起来。在这蒸汽浴室里，我只要动一动，就会完全溶化了。而您看上去并没感到特别不适：想必在埃及，您经常碰上这样的溽暑天气吧？再说马什雷，他明确对我说，"同北非地区相比，这里冷得要命"，于是又劝我喝另一种酒。不行了，我真的不能再喝了。算了，亚历山大先生……一小杯美国威士忌……我怕醉得不省人事了。现在，我就是透过一层水雾，看见米哈伊和西尔维娅娜·珲夫朝我们走来。如果是幻景那又当别论。（我很想问问马什雷，海市蜃楼是否就像这样透过水汽出现的，但我没有勇气开口。）米哈伊朝我伸过手来。

"您觉得怎么样，塞尔日？"

这是他头一回直呼我的名：我总提防这种亲热的表示。他跟往常一样，穿一件深色羊毛衫，围一条领巾。西尔维娅娜·珲夫的乳房从上衣里露出来，我发现她因为天热没戴胸罩。可是，为什么她还穿着马裤和长筒靴呢？

"我们入座用餐吧？"米哈伊提议，"我简直饿极了。"

我总算站了起来。米哈伊搀着我的胳臂：

"您想过我们的计划？再说一遍，我让您全权处理。随您写什么。我这杂志的栏目为您开放！"

格雷夫在餐厅里等候我们。我们的餐桌正摆在吊灯下方。自不待言，全部窗户都关着。这里比酒吧间还热。我坐在米哈伊和西尔维娅娜·玕夫之间。您坐在我对面，但我能预料到您会躲避我的目光。马什雷点菜。他所点的菜肴似乎同周围的气温不大协调：蟹虾汤、浇汁煎肉和蛋奶酥。不能拂他的意。美食似乎是他的不容他人染指的领地。

"我们先喝波尔多白葡萄酒！再喝佩特吕古堡陈酿！行吗？"

他用舌头打了个响。

"今天上午，您没有去跑马场，"西尔维娅娜·玕夫对我说，"我还以为您准去呢！"

两天来，她越来越主动接近我。我使她一见钟情，却不知是何缘故，是由于我这有教养的年轻人的外表吗？还是看中我这结核病患者的脸色呢？抑或是她想刺激米哈伊吧？（她果真是米哈伊的情妇吗？）有一阵，我以为她和代代·威德梅调情；从前代代·威德梅是赛马骑师，因中风而改行，现在经营赛马场。

"下一次，您可要遵守诺言。您应当求得原谅……"

她的嗓子勒成小姑娘的声音，我生怕别人也注意到了。幸好没有。米哈伊和马什雷正在窃窃私语。您呢，目光茫然。吊灯宛似探照灯，光线强烈，就像一件铅制的斗篷压在我头上。我的手腕呼呼冒汗，感到血管都张开了，鲜血汩汩流出。格雷夫端上来的蟹虾汤滚烫，我怎么喝得下呢？马什雷忽地站起来：

"朋友们，我向诸位宣布一条重大新闻：三天后我结婚！夏尔瓦将做我的证婚人！礼遇要同地位相称嘛！没问题吧，夏尔瓦？"

您挤出一个笑脸，低声回答：

"我非常荣幸，居伊！"

"为我未来的叔父，让·米哈伊的健康干杯！"马什雷挺胸叠肚地嚷道。

我随大家举起酒杯，但马上又放下了。我心里明白，只要再沾一点这波尔多白葡萄酒，我就会呕吐。要保存全部力气对付蟹虾汤。

"让，能娶您的侄女，我三生有幸，"马什雷宣称，"她那腰身下部是巴黎最迷人的。"

米哈伊哈哈大笑。

"您认识安妮吗？"西尔维娅娜·珲夫问我，"比较她和我，您更喜欢哪一个？"

我沉吟一下，终于说道："您哪！"这种故作风雅的调情，还能持续很久吗？她两眼直勾勾地瞧着我。然而我此刻的模样，恐怕不大好看……汗水顺着衣袖往下淌。这份儿罪要受到什么时候呢？其他人表现出了坚忍不拔的精神。米哈伊、马什雷和西尔维娅娜·玝夫的脸上，根本没有汗迹。您也只是鬓角流几滴汗，这不要紧……您把蟹虾汤喝得一干二净，那劲头就好像寒冬在瑞士高山的木屋里。

"您怎么不吃，亚历山大先生？"马什雷怪道，"不喝白不喝！这浓汤味道好极啦！"

"我们这位朋友热得难受，"米哈伊说道，"塞尔日，但愿这不妨碍您写一篇妙文……我先跟您说下，我下周要用。您心里有谱了吧？"

我若不是处于这种受罪的状态，非扇他耳光不可。这个无耻之徒，怎么会以为我欣然答应同他的报社合作，和这伙告密之徒同流合污呢？两年来，《如此生活》杂志每页上都有这些诈骗者、文痞的签名，他们却逍遥法外。哈！哈！他们就等着大捞油水。无赖、败类、流氓、恶棍、缓刑的死囚。米哈伊不是给我看了他收到的恫吓信吗？他害怕了。

"我还想这件事，"他对我说，"您能不能给我炮制一篇小说？"

"可以！"

我竭力装出最兴奋的口气。

"写点黄色的东西，您明白吗？"

"完全明白！"

气温太高，难以讨论。

"不要赤裸裸的淫荡，而是要轻浮的东西……略带色情……您以为如何，塞尔日？"

"乐意效劳。"

他要求什么都可以。既然要求于人家，首先我得向他表示出诚意来。他期待我透露点构想，好吧！

"我建议您分期连载……"

"好主意！"

"要用'忏悔录'的形式。这更有刺激性。比如：《一个花花司机的忏悔》。"

我刚好想起在战前一本杂志上见到的这个题目。

"妙极啦，塞尔日，妙极啦！《一个花花司机的忏悔》！您身手不凡啊！"

他简直欣喜若狂。

"第一部分何时交稿？"

"三天之后。"我对他说。

"您能让我先睹为快吗?"西尔维娅娜·珏夫悄声问我。

"我呀,"马什雷以教训人的口气宣称,"我就爱看偷鸡摸狗的故事。就瞧您的了,亚历山大先生!"

格雷夫端上来浇汁肉。不知是由于闷热,还是由于强光照透我脑袋的吊灯的缘故,我一见这油腻的食物摆在面前,突然发出一阵狂笑,身体都为之抖动,但随即又陷入极度颓唐的状态。我试图捕捉您的目光,但是徒劳。我不敢转向米哈伊或者马什雷,怕他们跟我说话。万般无奈,我的注意力就集中到西尔维娅娜·珏夫嘴角的美人痣上。我边等边想,噩梦也许快要结束了。

终于,米哈伊提醒我。

"您在构思小说吧?可是,我不希望这倒您的胃口!"

"边吃边来灵感嘛。"马什雷也发表看法。

而您呢,哑然一笑,我就不该期待您会有别的表示。您同这些流氓沆瀣一气,我是世上唯一想帮您的人,而您却一向无视我。

"尝尝这蛋奶酥,"马什雷对我说,"一到嘴里就化!地道的美食!对不对,夏尔瓦?"

您依阿取容的口气令我伤心。就应当丢下您不管。有时候,"爸爸",我真想打退堂鼓。我抱着腰扶住您。如果没有我，您会如何呢？如果不是我忠诚，不是高度警惕，您会如何呢？如果我撒手不管，您就会颓然倒下去。我们试试怎么样？当心啊！我已觉得一种轻微的麻痹之感侵入我肌体。西尔维娅娜·玕夫解开两个上衣扣子，转过身偷偷让我看她的乳房。瞧瞧又有何妨？米哈伊懒洋洋地摘下领巾，马什雷手托下巴，若有所思，连连打嗝儿。当初我还真没注意到，这一张张灰不溜秋的长脸，像獒一样对您怒目而视。席间谈话令我厌烦。米哈伊和马什雷的声音，就像从转速变慢的唱片里发出来的。声腔拖长，变调，最后沉入黑水中。由于汗水蜇眼睛，我周围的一切都变得模糊了……灯光暗下来，暗下来……

"喂，亚历山大先生，您不至于昏倒吧！……"

马什雷用湿毛巾敷在我的额头和太阳穴上。过去了。片刻不适。我已有言在先，"爸爸"。下一次我万一缓不过来呢？

"好些了吗，塞尔日？"米哈伊问道。

"睡觉之前，我们一起散散步。"西尔维娅娜·玕夫对我耳语。

马什雷又武断地说：

"来白兰地和土耳其咖啡！灵极了，您一喝就能振作起来！您就信我的好了，亚历山大先生！"

总而言之，唯独您不关心我的身体，看到这情景，我更加伤心。但是我仍坚持到晚餐结束。马什雷要了一种"助消化酒"，接着又谈起他的婚事。有一件事，他一直举棋不定：谁当安妮的证婚人？他和米哈伊举了几个我不认识的人名字。继而，他们又开列宾客名单。每写上一个名字，就评论几句。我担心他们要一直干到拂晓。米哈伊疲惫地摆了摆手。

"不等到那时候，我们全要被枪毙。"他说道。

他看了看表。

"我们去睡觉吧？您说呢，塞尔日？"

我们走进酒吧，撞见莫德·迦拉斯和代代·威德梅。他们俩倒在扶手椅上，男的紧紧搂着女的，女的则假装挣扎。看来他们喝多了。我们从旁边走过时，威德梅扭过头，目光诡谲地瞥了我一眼。我们两个不大投合，我对这个老骑师甚至本能地产生一种厌恶。

到户外又能畅快地呼吸，我很高兴。

"您能一直陪我们到别墅吗？"米哈伊问我。

西尔维娅娜·玠夫挽住我的胳臂，我不好拒绝。您却驼着背，走在米哈伊和马什雷中间，就好像被两名警察押送，您的手表在月光下闪亮，也像是戴着手铐。您在大搜捕中被抓住，被押往拘留所。这就是我幻想的情景。"在这年头",这是极其自然的事。

"我等着《一个花花司机的忏悔》,"米哈伊对我说,"就看您的了,塞尔日!"

"您要给我们写一篇屁股的有趣故事,"马什雷也说,"如果您愿意,我可以给您出些主意。明天见,亚历山大先生。还有你,夏尔瓦,做个好梦。"

西尔维娅娜·玶夫对米哈伊耳语几句。(我很反感这样议论我,也许是我搞错了。)米哈伊点了点头,动作轻微得难以觉察。他推开大门,扯着马什雷的衣袖,只见他们走进了别墅。

您、她和我,我们默默地站了片刻,然后掉头返回克洛富克雷旅馆。您走在后面。她又挽起我的胳膊,头倚在我的肩上。实在抱歉,让您,让您看这一场面,但是我不愿意拂她的意。在我们这种处境,"爸爸",最好顺从一点!到了十字路口,您非常客气地向我们道了"晚安",便走上分界路,把我只身丢给西尔维娅娜。

她向我提议散散步,"以免辜负美好的月色"。我们第二次经过"麦克图别墅"的门前。客厅里一灯荧然,一想到在这装饰成殖民地风格的环境里,马什雷还在喝最后一杯白酒,我就感到脊背发凉。我们沿着树林边缘的跑马道漫步。她解开了上衣扣子。树叶飒飒的声响和淡蓝色的幽光愈加使我头脑昏沉。经过晚餐的折磨，我已疲惫不堪，现在一句话也不讲了。我做出超人的努力张开口，却发不出声来。幸好她开始讲述她爱情生活的纠葛。不出我所料，她是米哈伊的情妇，不过，他们二人都"思想开放"。比如，他们特别喜欢参加放荡的聚会。她问我对此是否反感。我回答说，当然不反感。又问我已经"尝试"过吗？还没有，但如果有机会，我何乐而不为。她向我保证，下一次一定"吸收"我。米哈伊有一套十二间屋的寓所，那里常举办这类聚会。莫德·迦拉斯也参加。还有马什雷。还有米哈伊的侄女，安妮。还有代代·威德梅。还有其他人，人数众多。这种时候在巴黎寻欢作乐，简直是发疯了。米哈伊曾向她解释过，在大难降临之前，人总是这样。他这话是什么意思？她呢，对政治毫无兴趣，一心想寻欢作乐，及时而纵情行乐。在这原则声明之后，她又向我吐露了隐私。在伊埃娜林荫路上一次舞会上，她结识了一位年轻人。那相貌，兼有马克斯·什姆林和亨利·迦拉两人的特点。思想么，那是个机灵鬼。他参加了这几个月来不断扩大的警察预备队，并嗜好乱放手枪。这种英雄行为并没有使我诧异。在这年头儿，我们不是要时时祈祷上苍，保佑我们不要中流弹吗？她同他一连厮守了两天两夜，她还讲了许多细节，但我根本没听。我刚刚认出，在右首大栅栏里面，那幢窗户呈尖形穹隆、屋顶像清真寺尖塔的房子，正是您的"别墅"。从这个角度，比在分界路上看得更清楚。我甚至觉得依稀望见您在阳台上的身影。我们相距五十米，我只要穿过这荒芜的园子，就能到您的面前。我犹豫了片刻，本想招呼您或者向您招招手。但是都不行。我的嗓音嘶哑，恐难传到，而且胳膊也抬不起来，从晚上聚会一开始，我就感到麻木。是由于月光的缘故吗？"您的"别墅沐浴在北极夜光之中，好像飘浮在地面上的一座纸板造的宫殿，而您就像一个肥胖的苏丹王。您嘴唇松懈，眼神茫然，倚着栅杆，同树林默默相对。我想到我为了接近您所做出的牺牲，只想告诉您：不要再为"乔治五世地铁车站那段痛心事件"耿耿于怀了。置身于这种有损我身心健康的氛围中，忍辱受屈同这些败类为伍，日日夜夜坚持不懈地守候着您。这一切，难道只为了眼前这幻景！不过，我还要坚持追踪到底。我对您很感兴趣，"爸爸"。人总有寻根的兴趣。

现在夜色暗下来。我们抄一条近路回村子。她还向我谈论米哈伊在伊埃娜林荫路的住所。夏天夜晚，他们就待在露天平台上……她的脸靠近我的脸。我的脖颈感到她的气息。我们摸索着穿过克洛富克雷旅馆的酒吧间，我走进她的客房，这我早有预料。床头柜上的台灯安着红色灯罩。屋里有两把椅子和一张写字台。四壁镶着黄绿条纹的缎子。她打开收音机，嘈杂声中传来安德烈·克拉沃的歌声，显得十分遥远。她横躺在床上。

"劳驾，帮我脱掉靴子好吗？"

我照办了，但一举一动却像梦游人。她递给我一个烟盒，我们一起抽烟。显而易见，克洛富克雷旅馆的所有客房都一色装饰：帝国时期风格的家具、表现狩猎场面的英国版画。她拿起枪把镶嵌贝壳的小手枪，摆弄着玩，我思忖道：我答应米哈伊的那篇《一个花花司机的忏悔》，这场面恐怕就算第一章吧。在强烈的灯光下，她的面容显得比我想的要老些，脸庞因疲倦而肿胀，下颏儿上蹭了一抹口红。她对我说：

"靠近点儿。"

我坐到床沿上。她用臂肘支起身子，直盯着我的眼睛。这时，电压一定是降低了。黄色纱幕罩住了房间，如同旧照片的色调。她的脸变得朦胧，家具的轮廓也模糊不清了。克拉沃还在低声唱歌。我突然提出一开始就如鲠在喉的问题，生硬地说：

"请问，关于戴克凯尔男爵，您了解什么吗？"

"戴克凯尔？"

她叹了口气，扭头面壁。几分钟过后，见她似乎把我遗忘了，于是我又追问道：

"那个戴克凯尔，是个怪人，对不对？"

我等待着。她毫无反应。于是，我又一板一眼地重复道：

"那个戴克凯尔，是个怪—人！……"

她却一动不动，显然睡着了，我绝得不到答复。忽然，我听她咕哝道：

"他引起您的兴趣，那个戴克凯尔？"

如同夜晚灯塔的闪光，十分微弱。她声音懒懒地又说：

"您管那个人干什么？"

"没什么……您早就认识他吧？"

"那家伙？"她讲"那家伙"时，语气加重，就像醉汉总是重复同一个词时那样。

"如果我没看错的话，"我试探着说，"他是米哈伊的朋友吧？"

"是他的心腹！"

我正要问她所说的"心腹"是什么意思，但又一转念，还是伺机而动为好。她尽讲些离题的话，然后缄默不语，接着又嘟嘟囔囔，话语不清。我已经习惯于这种摸索揣摩，深知在这种耗力的捉迷藏游戏中，您再怎么伸出胳臂，也是两手空空，抓不住东西。我试图引她回到问题的要害上，但相当费劲。谈了一小时，我总算从她嘴里问出一些具体情况。是的，您充当米哈伊的"心腹"，充当他的代理人和杂务总管，出面去经营一些可疑的交易。黑市？上门兜售？最后，她打着呵欠对我说："况且，让打算尽快甩掉他！"这下子情况明了了。接着，我们又天南地北地闲聊。她走过去，从写字台上取来一只小皮箱，给我看米哈伊送给她的首饰。他送的尽是镶嵌宝石的大首饰，因为据他说，"在卖主遭难的时候，很容易讨价还价"。我对她说，"在我们这种时期"，这种想法非常对路。她问我在巴黎是否经常出门。有许多精彩的演出：罗杰·迪歇斯纳和比利·波旁正在"俱乐部"咖啡馆献艺；塞许·阿亚卡瓦在昂比居剧院再度公演《渎职》；在"沙皮托"开胃茶馆里，可以看到米歇尔·帕尔姆和斯卡金斯基的乐队的演出。然而，我却在考虑您，"爸爸"。如此看来，您只是个傀儡，用完时就一脚踢开。您跟苍蝇一样，消失了不会引起一点反响。二十年后，谁还会记得您呢？

她拉上窗帘。我只能分清她的脸庞和棕发了。我回想这一晚上的一幕幕情景。没完没了的晚餐，月光下的漫步，米哈伊和马什雷回到"麦克图别墅"的场面。还有您在分界路上的身影。是的，所有这些影影绰绰的景象，都已成为过去。我又沿着时间的长河溯流而上，寻觅追踪您的足迹。那是什么年代？哪个时期？过的是什么生活？在您还未成为我父亲的时候，多亏了什么奇迹，我就认识了您呢？在散发茴鱼和皮革气味的酒馆里，当一名自编自演的歌手演唱《犹太人的故事》时，我怎么会在一群古怪的顾客面前做出那么大努力呢？我为什么要那么急于当您儿子呢？她关上床头灯。隔壁传来吵闹声。是莫德·迦拉斯和代代·威德梅。他们对骂了好一会儿，后来又是叹息，又是呼呼的喘息声。收音机的杂音停止了，弗雷德·阿迪松演奏一曲之后，又播放了最后一次新闻报道。在黑暗中，听到总是歇斯底里的播音员，的确够瘆人的。

我还真得有耐心！马什雷把我拉到一边，开始一家一家向我描述卡萨布兰卡的妓院区，他说在那里度过他一生最美好的时光。忘不了非洲！它给人留下印记。满是梅毒的大陆。我出于礼貌，表示感兴趣，听凭他一连几小时扯那"婊子非洲"。他还有一个话题，就是他的皇家血统。他自称是路易十四的私生子德·曼恩公爵的后裔。他的"德·厄伯爵"的爵衔就是佐证。每次，他都要用纸笔画出家族谱系，向我讲解，连画带讲直到天亮。他常常弄混，划掉一些名字，又添上另一些名字，结果字迹难以辨认。最后，他把纸撕得粉碎，恶狠狠瞪着我：

"您不相信吗，嗯？"

在另外几个夜晚，又提起疟疾以及和安妮·米哈伊即将举行的婚礼。他犯病的间隔时间越来越长，然而根治不了。而安妮又一向我行我素。他只是出于对米哈伊的友谊才娶她。维持不了一个星期……想到这些事，他心里酸楚，再借着酒劲，就显得咄咄逼人，说我是"毛孩子"、"黄口小儿"。说代代·威德梅是"拉皮条的"，说米哈伊是"浪荡鬼"，说我父亲是"唯利是图的犹太人"。他逐渐平静下来，请我原谅。我们最后再喝一杯苦艾酒好吧？这是消愁的最灵药方。

米哈伊向我谈起他的杂志。他要增版，将《如此生活》增加到三十六页，开辟新专栏，以便让各方逸才大显身手。不久就要庆贺他从事记者生涯五十周年，届时将举行午宴，大部分同仁会光临祝贺：莫拉兹、热尔贝尔、勒乌勒、勒斯唐迪……还有其他重要人物。他将给我引见。他乐于帮助我。假如我缺钱，那就不要犹豫，跟他说一声就行：他可为我即将发表的小说预先付款。时间慢慢过去，他那自信的保护人腔调，渐渐让位于越来越强烈的烦躁情绪。他向我透露，他每天收到一百来封匿名信。有人想要他的命，他不得不申请携带武器证。总而言之，值此大多数人"谨守观望主义"的时期,他却大肆参与,从而受到谴责。至少他公开表明了自己的观点。白纸黑字,难以抹杀。迄今为止,他一直站在当权者一边,然而形势的发展也许对他和他的朋友们不利。到那时候,就不会有人给他们送礼了。不过眼下,他不要听任何人的教训。我对他说,这也正是我的看法。我脑海里闪过古怪的念头:这家伙对我没怀戒心(至少我这样认为),干掉他易如反掌。跟一个"叛徒"或"卖国贼"见面的机会并不多。机不可失。他冲我微笑。老实说,我对他有好感。

"亲爱的,这一切都无关紧要……"

他爱过冒险的生活。在下一期的社论中,他还要"大冒风险"。

西尔维娅娜·玕夫每天下午都带我去跑马场。我们遛马的时候,时常碰见一位气度不凡的六旬老者。如果不是他向我们投来的鄙夷目光令我惊奇,我还不会特意留心他。自不待言,他认为"在这种悲惨的年代"还骑马遛弯儿,追求消遣,实在令人气愤。我们在塞纳马恩省会留下很坏的印象。西尔维娅娜·玕夫的举止只能坏事,不能争取别人对我们的好感。我们沿大街返回时,她高声说话,放声大笑。

难得有点清静的时刻,我就动笔撰写"连载小说",

应付米哈伊。他对《一个花花司机的忏悔》完全满意，又向我预约了三篇。我已经交给他一篇《一位古板摄影师的忏悔》。还有两篇《途经莱斯博斯岛》和《单间套房夫人》，我要尽快写出来。这就是我所经受的考验，以期同您接触。色情小说、面首、酒鬼和讹诈者的心腹，您还要把我拖到什么地步呢？是否还沉得更深些，才能把您从泥潭中拉出来呢？

现在想来，我的行动徒劳无益。关切一个早已消失的人。想要询问认识他的人，不过他们的踪迹和他的一样泯灭了。关于他从前的生活，只掌握一些非常模糊又往往相互矛盾的情况，了解两三点标记。物证吗？一枚邮票和一枚伪造的荣誉团勋章。因此，只能靠想象了。我闭上眼睛。克洛富克雷酒吧间和"麦克图别墅"殖民地风格的客厅。多少年过去了，家具覆盖了灰尘。霉味直呛嗓子。米哈伊、马什雷、西尔维娅娜·玕夫都伫立不动，宛似蜡人模特儿。而您，坐在软垫上，双目圆睁，面部凝滞。

要搅动所有这些死物，的确是个非常可笑的念头。

第二天就要举行婚礼，可是安妮却无影无踪了。米哈伊拼命打电话找她。西尔维娅娜·玕夫翻看记事本，告诉他"那个傻瓜"可能去的几家夜总会的电话号码："东东之家"，三圣街 87.42、"博斯弗尔"，黎塞留大街 94.03、"雄山鹑"，万蒂米尔大街 30.54、"火花"……马什雷一声不吭，接连干掉几大杯白兰地。米哈伊在两次拨电话之间，还劝他耐心一点儿，现已得知安妮的行踪：十一点左右，她到过"基度山"夜总会。运气再好些，也许就能在"吉贵特"或者"纹章"夜总会"逮住"她。但是马什雷再也不信了。算了，电话再打下去也白费劲。

而您，坐在墩垫上，竭力摆出一副愁苦的样子。您终于怯声怯气地说：

"拨拨'金鱼'夜总会试试：奥黛翁 90.95……"

马什雷抬起头：

"嘿，夏尔瓦，不用你多嘴……"

于是，您敛声屏息，以免引起别人的注意。您恨不得有条地缝钻进去。米哈伊则越来越焦躁，不停地拨电话："总督"，歌剧院大街 95.78、"卡雷尔之家"，巴尔扎克大街 59.60、"三曲华尔兹"，凡尔纳大街 15.27、"海阔天空"……

您轻声重复说：

"也许在'金鱼'夜总会：奥德翁 90.95……"

米哈伊嚷道：

"住口，夏尔瓦，听见没有？"

他挥动电话筒,就像挥舞狼牙棒,只见他的手指骨节都失去血色了。马什雷慢慢喝完一杯白兰地,然后说:

"他再吭一声,我就用刀片割掉他的舌头!……说你哪,夏尔瓦……"

我趁机溜到游廊上,深深地吸气。宁静、清爽的夜晚。终于单独待一会儿。我定睛望着停在大门里的马什雷的塔博车,只见车身在月光下闪闪发亮。他总是把钥匙忘在仪表盘上。无论是他还是米哈伊,都不会听到马达声响。只用二十分钟,我就能开进巴黎市区,回到我在古维翁圣西尔林荫大道的小房间。我要闭门不出,静候好日子。不再参加与己无关的事情,不再无谓地冒风险。您自己想法应付吧。自顾自吧。然而,把您一个人丢给他们,我一想到这一点,就感到左胸挛缩疼痛。不行,这种时候,不能抛掉您。

我身后有人推开玻璃门,坐到游廊上的扶手椅上。我回头一看,认出您在幽暗中的身影。老实说,我没有料到您到这儿来找我。于是,我小心翼翼地朝您走去,如同捕蝶人接近一只随时可能飞走的珍奇蝴蝶。还是我打破了沉默:

"怎么样,他们找到安妮了吗?"

"还没有。"

您哑然一笑。透过玻璃，我望见米哈伊站在那儿，肩头和腮帮子中间夹着电话听筒。西尔维娅娜·珲夫在电唱机上放了张唱片。马什雷像个机器人，自斟自饮。

"您的朋友挺怪。"我说道。

"他们不是我的朋友，只是……生意上的关系。"

您找火点烟，我主动把西尔维娅娜·珲夫给我的白金打火机递给您：

"您做生意？"我问道。

"没别的办法。"

又是哑然一笑。

"您同米哈伊一起干吗？"

他沉吟一下，才答道：

"对。"

"顺利吗？"

"马马虎虎。"

我们可以竟夜长谈了。我渴望已久的"接触"终于实现了。我坚信这一点。从大厅里传来探戈歌手的低沉声音：

"在小油灯的灯光下……"

"我们何不活动活动腿脚？"

"有何不可呢？"您回答说。

我最后又朝玻璃门瞥了一眼。玻璃附了一层水汽，我只能影影绰绰看见隐没在黄色雾中的三个黑影。也许他们睡着了……

"在小油灯的灯光下……"

走到小径的末端，仍能听到这歌声的片断，我不禁感到困惑。我们究竟是在塞纳马恩省，还是在哪个热带国家？圣萨尔瓦多？布兰卡港？我打开大门，抚摩塔博车顶。我们不用开车，只要大步一跨，一个箭步，就可以回到巴黎市区。我们像失重一般，沿中心大街飘然而去。

"他们要是发现溜掉了呢？"

"无所谓。"

您在他们面前总是那么胆战心惊，唯唯诺诺，有这样一句回答，实在令我吃惊……您这是头一回显得放松了。我们走上分界路。您轻声吹起口哨，甚至还滑了几下探戈舞步；而我，也被一种不稳定的和谐所感染。您对我说："去看看我的别墅吧"，好像这事极其自然。

从这一刻起，我明白是在做梦，极力不做突然动作，以免惊醒。我们穿过荒芜的园子，步入门厅，您锁上门。您指着堆放在地上的几件外衣对我说：

"穿上点儿，这里冷。"

不错，我冷得牙齿打战。您还不大熟悉这地方，费了半天劲才摸到电灯开关。一个长沙发，几张安乐椅，几把带套的扶手椅。大吊灯上缺几个灯泡。两扇窗户之间的五斗橱上，摆着一束枯萎的花。想必是您平时不进客厅，而今夜要对我尽地主之谊。我们站着一动不动，都有点发窘。终于，您对我说：

"请坐，我去烧点茶。"

我坐到一张安乐椅上。椅子罩着套，必须坐稳，以免滑下来。我面前有三幅版画，是十八世纪的田园景色，但玻璃蒙上了灰尘，看不大清楚。我等待着，看着这陈旧的装饰，不禁想起庞蒂埃夫尔街的一位牙科医生的客厅，我曾躲在那里，以便逃避一次身份证检查。那里也一样，椅子都有套。我隔窗望见警察封住街道，囚车停在不远的地方。无论牙科医生还是给我开门的老妇人，都一点动静也没有。晚上将近十一点，我蹑手蹑脚离开那里，从空荡荡的街上逃窜。

现在，我们面对面坐着，您给我斟了一杯茶。

"是格雷伯爵村产的茶。"您悄声对我说。

我们穿着这种外套，样子怪里怪气。我身上这件驼绒长袍，又肥又大。我注意到您那件的翻领上有荣誉军团的玫瑰花结，大概是房主的衣物。

"也许您要吃几块饼干吧？我想还有一些……"

您打开柜橱的一个抽屉。

"给，尝尝这个……"

原来是奶油蜂窝饼，叫作"普卢姆-普卢维埃"。这种令人作呕的糕点，您吃起来没个够，我们常到维维安娜街那家面包铺去买。归根结底，毫无变化。您想想看。那地方和这里一样凄清，我们一起度过漫长的夜晚。菲利克斯·富尔林荫路64号的"起居室"和里面的樱桃木家具……

"再来点茶？"

"好的。"

"请原谅，我这没柠檬了。再来一块'普卢姆'？"

真遗憾，我们在肥大的长袍里缩头缩脑，却讲些寒暄的套话。我们肚里有多少话要相互倾诉！"爸爸"，这十年来，您都做了些什么？说起我，要知道，熬过来不易啊。有时我还伪造题词，直到有一天，我向一位主顾兜售阿贝尔·博纳尔给亨利·波尔多的一封情书，他发觉上了当，要拉我去打官司。显然，我最好逃之夭夭。后来，在萨尔特省的一所中学当学监。学校死气沉沉。同事们庸俗不堪。一班班的半大小子又固执又爱胡闹。晚上，就和体育教师逛酒吧，他要说服我相信自然体育锻炼法，并给我讲述柏林奥林匹克运动会……

您呢？您是否还给法国和海外的收藏者邮寄包裹？有好几回，我都想从外地给您写信。然而寄到何处呢？

我们两人倒像窃贼。我想象这里的主人要是瞧我们在他们客厅里喝茶，一定会大惊失色。我问您：

"您买下这住宅了吗？"

"这住宅……没人住了，"您斜眼看我，"房主人宁肯走掉……时局所迫。"

我就是这么想的。他们在瑞士或葡萄牙等待好日子。唉，等他们回来的时候，我们可就不在这儿迎接他们了。到那时，一切又要恢复旧观。他们会发现我们来过吗？甚至毫无觉察。我们跟老鼠一样小心谨慎。除非掉点碎碴儿，落下一个杯子……您缩手缩脚地打开小酒柜，就好像怕被人抓住似的。

"来点威廉姆斯梨酒？"

好哇。不喝白不喝。今天晚上，这房子就属于我们了。我注视您衣领上的玫瑰花结，但根本不艳羡：我这大衣的翻领上也饰有粉红金黄小绶带，这无疑是军功的标志。谈点令人欣慰的事情吧，好吗？谈谈应当除掉杂草的花园，谈谈在灯光下极美的这尊巴尔们迪埃娜青铜像。您是森林的开发者，而我，您的儿子，则是现役军官。我请假回到温暖的家庭，重又感受熟悉的气息。我的房间没有变样。在壁橱里头，仍放着方铅矿矿石收音机，早年的铅制士兵人和金属结构装配玩具。妈妈和热内维埃芙上楼歇息了。我们男人还留在客厅里。我喜欢这种时刻。我们小口喝着梨酒。然后，我们以同样动作装上烟斗。我们很相像，爸爸。两个农民，如您所说，两个不安分的布列塔尼人。窗帘已然放下，炉火发出轻微的劈啪声。我们像两个老搭档，摆起龙门阵吧。

"您早就跟米哈伊和马什雷有来往吧？"

"从去年开始的。"

"您跟他们合得来吗？"

您佯装没听明白，干咳几声。我却紧追不舍：

"依我看，对这些人，应当提防点儿。"

您眯缝着眼睛，不动声色。也许，您把我看成是挑唆者。我凑到您面前。

"请原谅，我不该插手与我无关的事情，但我觉得他们要害您。"

"我也有这种感觉。"您答道。

我以为您突然产生了信任感。您认出我来了吗？您给我们的杯子斟满酒。

"可以干一杯。"我说道。

"好啊!"

"为您的健康干杯,男爵先生!"

"也为您的健康干杯,亚……亚历山大先生!我们生活在非常艰难的时期,亚历山大先生。"

这话您重复了两三遍,算是开场白,随即向我解释了您的状况。我听不清楚,如同在电话里交谈似的。由于距离遥远,岁月悠久,声音掩抑而细微。我不时捕捉住只言片语:"动身"……,"边境通道"……,"黄金和外汇"……这些就足以把您的经历重新串起来。米哈伊知道了您当经纪人的才干,就安排您领导一个所谓的"法国订货公司",目的是囤积居奇,而后高价出售。他把四分之三的利润据为己有。起初,一帆风顺,您在拜伦爵士街有一大间办公室,非常满意。但是近来,米哈伊不再需要您为他效力,认为您碍手碍脚了。在这种年头,要甩掉您这样一个人,易如反掌。您没有国籍,没有公司名称,没有固定住址,您面临重重障碍。只需通知特别警察队里干劲十足的警探就行了……除了一个名叫"蒂蒂科"夜总会的门房,您孤立无援。那门房愿意引见您认识一个"关系户",以便帮您偷越比利时边境。约定三天后见面。您仅有一千五百美元的旅费,但还携带一颗玫瑰钻石、一些便于隐藏的小黄金叶子。

我感到是在写一部"拙劣的惊险小说",不过,我没有胡编乱造。胡编乱造不是这样,绝不是……肯定有证据,一个从前认识您的人,就能证明所有这些情况。这无关紧要。反正有我在您身边,并一直守您到本书结束。您目光惊恐,不时望一望正门。

"放心吧,"我对您说,"他们不会来。"

您的神情渐渐放松了。我一再对您说,我要一直陪您到本书结束,这是关于前半生的最后一本书,不要以为我是出于兴趣才写的,其实我别无选择。

"真有意思,亚历山大先生,我们居然在这个客厅里相聚。"

座钟敲了十二响。那是个庞然大物,摆在壁炉上,钟盘两侧各有一只青铜狍子。

"房主一定喜欢座钟,二楼还有一个,是仿威斯敏斯特教堂的排钟。"

您扑哧一声笑出来。我对这种突然发笑的现象已习以为常。当初我们住在维拉雷-德-约耶兹花园街,处处碰壁的时候,深夜我就听见您在隔壁房间大笑。再如,您腋下夹着满是灰尘的大叠股票回来,也是这种样子。您把股票扔在地上，有气无力地对我说："我这些东西，在交易所永远也抛不出去了。"您一动不动，失神地凝视撒了满地的战利品。继而，您突然大笑，越笑越狂，肩头都为之抖动，无法止住。

"您呢，亚历山大先生，您以什么为生？"

如何回答您呢？我的生活？同您一样，"爸爸"，漂泊不定。正像我对您讲的，在萨尔特省当了十八个月的学监。到雷恩、利摩日、克莱蒙费朗，仍然当学监。我选择了教会学校。在那里更安全些。这种校内工作给我的心灵带来了平静。我的一个同事热心于童子军组织工作，他在塞庸森林建了一个少年营地，要物色辅导员，也就把我拉了进去。于是，我穿上了海蓝色高尔夫球裤、浅黄褐色皮护腿。我们六点起床，白天上体育课和劳动，晚上唱歌。全是激动人心的民俗活动：蒙卡尔姆峰、拜亚尔山口、拉摩里西耶尔地区、《再见，美丽的弗朗索瓦丝》、长刨、雕刻刀、猎人精神。我在那里待了三年。那是个安全的、便于隐蔽的藏身之所。可是，唉！我的劣根性又占了上风。我逃离了那块栖身的绿洲，回到了巴黎东站，连贝雷帽和领章都没顾得上摘下来。

我在巴黎逡巡，想找份固定的工作，找一种我能为之献身的事业。徒劳无益。大雾尚未消散，道路仍然湿滑。

我的脚步越来越不稳。在噩梦中，我不停地爬行，以便恢复脊梁骨的力量。我在马让塔林荫大道住的那间阁楼，还是画家多梅尔戈成名之前的画室。我竭力把那里看成一个吉兆。

现在想来，那个时期我做的事印象模糊：好像给一个S医生当过"助手"，他在吸毒者中间招募顾客，以极其昂贵的价钱给他们开药方。我大概是他的经纪人。似乎还给一位英国女诗人当过"秘书"，她特别崇拜但丁·加布里埃尔·罗塞蒂[1]，都是些无关紧要的细节。

我只记得我在巴黎街道的徘徊，只记得那个重心、那块我总去而复返的磁铁：警察局。我无论怎样远远离开，几小时之后，总是不由自主地回到那里。有一天夜晚，我比往常情绪更低落，走到宫殿林荫大道，真想请门卫放我进去。我弄不清为什么警察局对我有这么大的吸引力。我首先想到，这大概像在桥上倚栏俯视所产生的眩晕，然而还有别的原因。对我这样精神脆弱的青年来说，警察局具有坚固和威严的意义。我梦想成为警察。我有幸结识了一个风化便衣警察西埃菲，就向他推心置腹谈了自己的想法。他听我讲下去，嘴角露着微笑，不过倒像慈父般关

---

[1] 但丁·加布里埃尔·罗塞蒂（1828—1882），英国画家、雕刻家。

切，表示愿意录用我。有几个月的工夫，我跟踪盯梢而不计报酬。我要跟踪各种各样的人，并记下他们的时间表。在这种跟人游逛的过程中，我发现了多少令人激动的秘密……一个蒙索平原区的公证人，在皮迦勒街却撞见他头戴棕色假发，身穿丝缎长袍。本来一些无足挂齿的小人物，随时可能化装成噩梦中的煞神或悲剧中的英雄。近来一个时期，我真以为自己神经错乱。我与所有这些陌生人同化了。我紧追不舍地正是"我自己"。身披雨衣的老者，是我，身穿本色哔叽服的妇女，是我。我向西埃菲谈了这情况。

"不要逞强了。您业余干干还行，老弟。"

他把我一直送到他的办公室门口。

"放心吧。我们还会见面的。"

他声音低沉地又说：

"迟早会见面，不幸的是，要到拘留所里相会……"

我真心喜欢这个人，觉得他值得信赖。当我向他解释我的精神状态时，他总是以忧伤而热情的目光注视我。如今他怎么样啦？也许他能帮助我们吧？经过这一小段警察生涯，我并没有振作起来。我再也不敢出门，总守在马让塔林荫大道的那间阁楼里。一种威胁在头上盘旋。于是我想到您，预感到您在某地处境堪忧。每天夜晚，在凌晨三四点钟之间，您都向我呼救。我渐渐打定主意，要去寻找您。

您并没有给我留下很好的印象，然而事过十年，就不值一提了，我绝不记恨"乔治五世地铁车站那段痛心的事件"。我们要再次提起这个话题，但那将是最后一次了。二者必居其一：第一种，是我错怪了您。果真如此，那就接受我的歉意，并将这一过错归咎为我的谵妄状态。第二种，如果您真想把我推到地铁车轮下，我也心甘情愿认为您情有可原。是的，您的举动并不特殊。父亲要杀掉或摆脱儿子，我认为这完全是当前社会价值大混乱的表现。从前还出现过相反的现象：儿子为了验证自己强壮而杀害了父亲。然而现在，我们该打击谁呢？我们这样的孤儿，认幽灵为父紧紧跟踪，却被判处有罪。那幽灵总是回避，无法接近。老胖子，这太辛苦了。我做出多大想象的努力，还要我对您讲吗？今天晚上，您面对着我，眼珠子鼓得快要冒出来。您的样子无异于陷入困境的黑市投机商，而您的"男爵"头衔也骗不了人。我推想，您选择这一头衔，是希望它能赋予您坚定与尊严。在我们之间，这种作戏毫无意义。我认识您为时太久。还记得吧，男爵，我们星期日的散步。一股来自巴黎腹心的神秘潮流，把我们一直带到环城大道。市区把垃圾和泥沙抛向那里，苏尔、马塞纳、达沃、凯勒曼①。为什么要用胜利者的名字,给这些尚未定型的地点命名呢?我们的家园,就在那里。

一切照旧。十年之后再见面,我觉得您还是原来的样子:窥视客厅的门口,好似一只受惊的老鼠。而我,则抓住长沙发的扶手,以防套子滑下去。我们将空忙一场,永远也得不到安宁,体验不到事物的静态美。我们将在流沙上走到底。您会吓得冒冷汗。要镇定,老朋友。有我在您身边,有我在黑暗里拉着您的手。无论出现什么情况,我都要与您同舟共济。眼下,还是看看这地方。从左边的门,我们走进一间小屋。皮椅子,正是我喜爱的。深色木制的办公桌。您翻过抽屉吗?如若翻过,我们就会潜入房主的私生活,从而渐渐产生是这家成员的感觉。楼上是否还有我们可以翻找的抽屉、柜橱和衣兜呢?我们有几小时的喘息时间。这间屋比客厅舒服,有一股粗花呢与荷兰烟草味。书架上的书籍排列整齐,有阿纳托尔·法朗士全集、醒目的黄色封皮的《面具》丛书。请您坐到办公桌后面,身子坐直。我们在这种环境生活的过程中,可以毫无限制地幻想。终日看书或聊天。养一条德国牧羊犬来守门,吓退不速之客。晚间,我们同我的未婚妻一起打牌。

---

① 都是法国第一帝国时期的元帅和将军,现为巴黎的一些街道的名称。

电话铃声。您跳了起来，脸都变形了。老实说，这种夜半铃声，绝不会有什么好事。证实您在家，天亮好逮捕您。您拿起听筒还未讲话，对方就挂断了。西埃菲经常使用这种办法。我们一步登几级上楼，磕磕绊绊，两个人摔在一堆，又赶紧爬起来。必须穿过一串房间，您却不知道开关在哪儿。我绊到一件家具上，您摸黑找电话听筒。原来是马什雷，他和米哈伊都纳罕为什么不见我们了。

他的声音在黑暗中回响，听来很奇特。他们刚到高马尔当街，在"莫斯科大隐士院"夜总会找到安妮。她喝醉了，但还是保证次日三点整赶到市政府门前。

他们交换戒指时，她拿起戒指，摔到马什雷的脸上。市长佯装视而不见。居伊大笑，试图缓和一下尴尬的气氛。

婚礼仓促而草率。查查当时的报刊，也许能找到有关报道。记得安妮穿一件毛皮大衣，时值八月中旬。她那身打扮更增添不安的气氛。

在返回的路上，他们没有交谈一句话。她挎着她的证婚人，"杂耍演员"吕西安·雷米（这是在宣读结婚证书时我所听到的）；而您，马什雷的证婚人，您被冠以如下头衔："夏尔瓦·亨利·戴克凯尔男爵，企业家。"

米哈伊为了缓和气氛，忽而到马什雷这边，忽而到侄女那边，赶着说些笑话，但是毫无作用。最后他也厌倦了，干脆不再说话。您和我，我们跟在这奇特的一行人后边。

晚宴定在克洛富克雷的餐厅。将近五点钟，专程从巴黎市区赶来的好几个过从甚密的朋友，围坐起来喝香槟酒。格雷夫把餐桌摆在花园中间。

我们二人稍微离开他们一点儿。我在观察。事过许多年，那些面孔、动作、声调仍然印在我的脑海里。其中有乔治·勒斯唐迪，他每周都在米哈伊的杂志的头一页上，散布恶毒的"姑妄听之"和他的指控。他肥头大耳，说话趾高气扬，略带波尔多口音。林荫路剧院经理罗伯尔·代勒瓦尔，年已六旬，头发银白，他吹嘘自己是蒙马特尔区"公民"，致力于民间艺术。米哈伊的另一位合作者弗朗索瓦·热尔贝尔，他专写火力猛烈的社论，鼓吹凶杀。他是神经过敏一类的青年，说话"兹""四""十"不分，愿意充当狂热分子或法西斯突击队员。他离开高等师范学校时，已经受了政治毒素的侵害。他虽然还保持外省人的本色，但却忠于乌尔姆街①的精神；人们感到诧异的是，这个三十八岁的法国高师文科预科生竟然如此残忍。

还有吕西安·雷米，新婚的证婚人。从表面上看，他

---

① 巴黎高等师范学校的所在街名。

是个颇有魅力的流氓,牙齿洁白,头发油光锃亮。常可以听到他在巴黎广播电台节目中的演唱,他是在流氓帮和歌舞厅发迹的。当然,莫妮克·茹瓦斯也来了。她年方二十六,棕色头发,总是故作天真之态。起初她登台演出,但在戏剧界没有留下什么声望。米哈伊挺崇拜她,经常把她的照片登在《如此生活》的封面上,还刊载不少报道她的文章。有一篇文章称她是"蓝色海岸最风流的巴黎女郎"。自不待言,西尔维娅娜·玡夫、莫德·迦拉斯和威德梅也在其列。

同所有这些人一接触,安妮·米哈伊情绪好转了。她拥抱了马什雷,请求他原谅,并且郑重其事地把结婚戒指戴在他手指上。大家热烈鼓掌,又频频碰杯,大喝香槟酒。他们相互打招呼,三三两两凑成几堆。勒斯唐迪、代勒瓦尔和热尔贝尔向新郎祝贺。米哈伊在一个角落同莫妮克·茹瓦斯交谈。吕西安·雷米深得女人的青睐,人们从西尔维娅娜·玡夫的眼神里就能看出这一点。不过,他的微笑主要是给安妮·米哈伊送去,安妮也始终紧紧地偎在他身上,使人感到他们俩亲密无间。莫德·迦拉斯和中过风的威德梅充当主人,巡回给大家倒酒,送小蛋糕。婚礼的所有照片,都在我这薄薄的皮夹里,刚才拿出来看,直到双眼发酸,泪水模糊。

他们已把我们置于脑后。我们靠后坐着，一动不动，没人注意我们。我感到我们是误入了这奇特的花园舞会中。您跟我一样不知所措。本来我们应该尽快溜走，现在我都无法解释当时我所受到的诱惑：我丢下您，不由自主地朝他们走去。

有人在我背上推了一把。原来是米哈伊。他拉着我，走到热尔贝尔和勒斯唐迪的面前。米哈伊介绍我是"他刚聘用的有才华的年轻记者"。勒斯唐迪马上以半庇护半嘲讽的口吻，赏赐给我一句："十分荣幸，亲爱的同事。"

"您有什么大作？"热尔贝尔问我。

"小说。"

"很好哇，小说，"勒斯唐迪评道，"没有风险，中立地区。您说呢，弗朗索瓦？"

米哈伊早已溜掉。我也很想走开。

"咱们私下讲，"热尔贝尔说道，"您认为生活在这个时期，还能写小说吗？拿我来说，就一点想象力也没有了。"

"但有特别辛辣的文笔！"勒斯唐迪高声说道。

"因为我不想自寻烦恼。我只管乱叫乱咬，仅此而已。"

"棒极了，亲爱的弗朗索瓦。说说看，下一期社论，你想给我们炮制点什么？"

热尔贝尔摘下玳瑁宽边眼镜,用手绢慢悠悠地擦拭镜片。对这举动所产生的效果,他胸有成竹。

"味道十足的东西。题为《您要打犹太网球吗?》,我要用三栏讲解运动规则。"

"你的'犹太网球',究竟是什么东西?"勒斯唐迪咧嘴笑着问道。

于是,热尔贝尔详细讲解。据我理解,有两个赛手,他们在散步或坐在露天咖啡馆时,谁先发现一个犹太人,就应当告发,因而得十五分。如果对手也发现一个,同样得十五分。如此类推。谁认出的犹太人多,就是赢家。就像网球比赛一样计分。热尔贝尔认为,要训练法国人的反应,舍此别无妙法。

"想想看,"他若有所思地又说,"我不必瞧他们面孔,从背后就能认出他们!我敢跟你们说这大话!"

他们还交换了其他看法。有一件事叫勒斯唐迪寝食不安:那些"混蛋"居然还在蓝色海岸逍遥自在地生活,在戛纳、尼斯或马赛的"王宫式的府第"里喝着开胃酒。关于这种情况,他准备写一系列"姑妄听之",还要指名道姓。向主管部门报警,这事责无旁贷。我扭过头,看见您仍未动地方,很想对您做出友好的表示,又怕被他们发现,定会问起坐在花园里端的那位胖先生是何许人。

"我刚从尼斯回来,"勒斯唐迪说,"看不到一张人脸,全是一群畜生。真叫人恶心得要呕吐……"

"总而言之,"热尔贝尔提议,"只要把他们的住房号报告给鲁尔局。这样,警察局干起来就方便了……"

他们活跃起来,越讲越激烈。我在一旁听着,不置一词。老实讲,他们令我厌烦。这两个人貌不出众,中等身材,一如街头的芸芸众生。勒斯唐迪穿着有背带的裤子。换了另外一个人,早就让他们闭起臭嘴了。然而我却胆小如鼠。

我们喝了好几杯香槟酒。勒斯唐迪又向我们谈起一个叫茨洛斯布洛的人,是个电影制片人,"棕紫头发的犹太鬼",在英国人散步场被他认出来。勒斯唐迪发了誓,绝不会放过那家伙。太阳西沉。宾客从花园移到旅馆的酒吧里。您也随大溜儿进来,坐到我身边……这时,仿佛有一股电流突然从我们每个人身上通过,气氛顿时活跃起来。一种神经质的快乐。应马什雷的请求,代勒瓦尔为我们模仿了阿里斯蒂德·布吕昂的表演。但是,蒙马特尔并不是他唯一的灵感来源。他在街头学校受过熏陶,向我们显示嘴皮子功夫,大讲文字游戏和俏皮话。他那西班牙猎犬般的脑袋、那精美的小胡子,又浮现在我眼前。他期待着听者发笑,那副贪婪相让我作呕。一旦达到目的,他就耸耸肩膀，反倒装出一副满不在乎的样子。

轮到吕西安·雷米，他给我们唱了一支那年不绝于耳的抒情歌曲：《我不知道终局》。安妮·米哈伊和西尔维娅娜·玕夫，都直勾勾地看着他，恨不能把他一口吞下去。我也仔细端详他，尤其觉得他的下巴可怕，显示一种罕见的懦弱，因而预感到他比其他人更危险。必须提防这类在"动乱时期"经常亮相的油头粉面的家伙。接下来，理所当然要请勒斯唐迪出个节目。他按照所谓的"自编自唱的传统"，十分得意地露一手，从头至尾背诵下来《棕红色月亮》和《两头驴》。各有所好，各有拿手活。

代代·威德梅登上一把椅子，向新婚夫妇敬酒。安妮·米哈伊的脸靠在吕西安·雷米的肩头上，对此马什雷并不介意。在他身边的西尔维娅娜·玕夫，则使出浑身解数，力图引起"魅力歌手"的注意，莫德·迦拉斯也不示弱。代勒瓦尔在柜台旁边，正同莫妮克·茹瓦斯交谈。他显得越来越急切，叫她"我的宝贝"。她面对这种亲近，格格大笑，摇晃着秀发，仿佛在无形的摄影机前表演。米哈伊、热尔贝尔和勒斯唐迪越喝酒谈兴越浓。他们议论要在瓦格拉姆厅组织一次集会，《如此生活》的主要撰稿人都要在会上发言。米哈伊透露他最热衷的题目：《我们并非胆小鬼》；勒斯唐迪则戏谑地改为：《我们并非犹太化者》。

下午是雷阵雨天气,远处雷声隆隆。如今,这些人不是匿影藏形,就是被枪毙了。我想没人对他们感兴趣了。我仍然摆脱不掉这些记忆,难道是我的过错吗?

马什雷朝我们走来,把杯里的香槟酒泼在您脸上,当时我几乎失去冷静。您向后闪了一下。他生硬地对您说:

"让您头脑清醒清醒,嗯,夏尔瓦?"

他叉着胳臂站在我们面前。

"比淋雨强多了,还直冒泡!"威德梅用带着混浊的喉音说道。

您掏手绢要擦一擦。代勒瓦尔和吕西安·雷米也挖苦您几句,惹得女宾们格格大笑。勒斯唐迪和热尔贝尔眼神古怪地打量您,我明白这天晚上,他们没有认出您这颗脑袋。

"意外的淋浴,嗯,夏尔瓦?"马什雷说着,拍了拍您的脖颈,就好像抚摸狗的脖子。

您挤出一丝苦笑。

"对,痛快的淋浴……"您咕哝一句。

最可悲的是您一副抱歉的样子。

他们又聊起来,边喝酒边说笑。在一片喧哗声中,勒斯唐迪讲了一句话"请原谅,我要去遛遛弯儿",怎么那么巧让我听见了呢？还未待他离开柜台，我却抢先赶到旅馆门前的台阶上。我们碰到一起，他对我说要去活动活动腿脚，我则尽量以自然的口气问他，能否陪他走走。

我们沿着跑马道走去，继而钻进灌木林。在这黄昏时分，夕阳的余晖撒在山毛榉树林中，具有克洛德·洛兰的画面的忧伤色调。他对我说我们是该出来呼吸新鲜空气。他非常喜欢枫丹白露树林。我们随便闲聊，谈到幽静深邃和林木之美。

"多高的乔木啊！……这些也有一百二十年了，"他笑起来，"我敢打赌，我活不到这岁数……"

"那怎么说得准呢？"

他指给我看前边二十米远处，有只松鼠正横过林荫道。我的双手潮乎乎的。我对他说，我很爱看他在《如此生活》上发表的每周"姑妄听之"，并说依我看，他在勇敢地致力于"公共卫生"的美好事业。他"嗳"的叫了一声，回答说这话不敢当。他不喜欢犹太人，仅此而已，米哈伊的杂志给他提供了正面论述这个问题的场地。新闻一改旧观，不像战前那样腐败了。当然，米哈伊唯利是图，处世圆滑，肯定是"半个犹太人"，但是不要很久，就得把米哈伊"清洗掉"，以维护一伙"纯粹分子"的利益。诸如阿兰洛伯罗、泽茨歇尔、塞吉勒、达尔齐埃，还有他本人。尤其是热尔贝尔，他们之中最有才华的人。

"您呢，对政治感兴趣吗？"

我回答感兴趣，并说需要挥一下扫把。

"恐怕是说挥舞大棒吧！"

还是举例说明，他又向我提起茨洛斯布洛，那个玷污英国人散步场的家伙。哼，那个茨洛斯布洛已然回到巴黎，他勒斯唐迪知道他躲在哪套房子里。只要发一条"姑妄听之"，几名身强力壮的战士就会找上门去。对这种义举，他事先就感到欣慰。

天色向晚，暮色渐浓。我决定突击行事。我最后看了勒斯唐迪一眼。此公心宽体胖，绝对是个美食家。想象得出，他的餐桌上摆着普罗旺斯奶油焗鳕鱼。我又想到热尔贝尔，想到他那巴黎高师学生的错误发音、晃来晃去的屁股。算了，他们无论哪个都不是勇将，我不能让他们吓住。

我们穿行的矮树林越来越密。

"为什么要追踪茨洛斯布洛呢？"我说道，"犹太人，我们手心掌握不少……"

他没明白我的话，疑惑不解地看了我一眼。

"刚才迎面浇了一杯香槟酒的那位先生……您还记得吧？"

他哈哈大笑。

"是啊……我和热尔贝尔，我们觉得他是一副奸商相。"

"是犹太人！真奇怪，您竟然没看出来！"

"那他到我们中间来干什么呢？"

"我也正想了解呢……"

"我们去让那坏蛋给我们看看证件！"

"毫无必要！"

"您认识他吗？"

我深吸了一口气。

"他是我父亲。"

我掐住他的脖子，拇指都掐痛了。我想到您，以便增添勇气。他停止挣扎了。

其实，干掉这个胖家伙，也未免太愚蠢了。

我回到旅馆酒吧，看见他们还在，进门时，正好撞见热尔贝尔。

"您看见勒斯唐迪了吗？"

"没有哇。"我漫不经心地答道。

"他能到哪儿去呢？"

他目不转睛地打量我，并拦住我的去路。

"一会儿他就能回来，"我以假嗓音说道，但我当即清了清嗓子，纠正了声音，"他大概在树林里散步呢。"

"是吗？"

其他人都聚集在酒吧柜台周围，而您，仍坐在壁炉旁边的一把扶手椅上。光线昏暗，我看不清您的面孔。酒吧里只有另一侧亮着一盏灯。

"您看勒斯唐迪这人怎么样？"

"不错。"

热尔贝尔缠住我。我实在躲避不开这个讨厌的家伙。

"我非常喜欢勒斯唐迪。他不同凡响，正像我们在'高师'讲的，他是'入学考试的状元'。"

我轻轻点头附和。

"他这个人不够细腻，但我却毫不在乎！在这种时候，我们需要吵架的干将！"

他说话越来越快。

"世人也过分讲究细腻入微，讲究把一根头发破成四根的艺术！我们现在需要的，正是践踏花坛的野蛮青年！"

他每根神经都震颤起来。

"杀人凶手的时代来临啦！我欢迎他们！"

他讲这话时，拿出疯狂挑衅的口吻。

他的目光死死地盯着我。我感觉得到他想对我说什么，可又不敢讲。他终于说：

"您长得跟阿贝尔·普雷让像极了……"他忽然忧郁起来，"从来没人对您说，您酷似阿贝尔·普雷让吗？"

他的声音压抑，柔和细微，几乎听不见。

"您还使我想起我学生时代的挚友，一个非常棒的小伙子。他参加了弗朗哥的阵营，一九三六年死了。"

我几乎认不出他了。他显得越来越绵软无力。他的头恐怕要歪到我的肩上。

"我希望在巴黎市区再见到您。您说可以吧，对不对？"

他那潮湿蒙眬的目光罩住我。

"我得去写我那玩笑文章了……您知道……那篇《犹太网球》……您对勒斯唐迪说，我不能再等了……"

我送他上了车。他抓住我的胳膊，对我讲些没头没脑的话。我真感到诧异，转瞬之间，他竟然变得像个老妇人。

我扶他坐到驾驶座上。他摇下车窗玻璃。

"您去我家吃晚饭吧，拉托街……"他探出头来，那张浮肿的脸一副哀求的表情。

"您不会忘记吧，嗯，老弟……我感到十分孤独……"

随后，他驾车全速开走了。

您始终没动地方，靠在椅背上，只见黑乎乎的一团：照明昏暗能使人产生错觉。那究竟是人还是一堆衣裳？他们把您置于脑后。我怕把注意力引到您的身上，只好避开您，加入他们的圈子。

莫德·迦拉斯解释说，威德梅烂醉如泥，她不得不安顿他睡下了。这种情况每星期至少发生三次。他那人，简直在糟蹋自己的身体。早在他在所有大赛中夺魁的那时候，吕西安·雷米就认识他。有一天在欧特伊，赛马迷们扎过去，把他抬起来欢呼。大家称他是"马怪"。在那时期，他滴酒不沾。

"凡是这类青年，一旦卸甲离开比赛场，就变得神经衰弱了。"马什雷评论一句。

他还举了一些老运动员的例子，诸如维拉普拉讷、托托·格拉散、卢·布鲁雅尔……

米哈伊耸了耸肩膀：

"我们也不例外，想想看，我们也很快要退出比赛了。带着刑法七十五条和十二颗子弹。"

此话有因，他们是听了当天的最后一次新闻广播，消息"比往常更令人惶恐不安"。

"如果我没理解错的话，"代勒瓦尔说道，"我们应当准备好在行刑队面前要讲的话……"

他们以此为戏，闹了将近一刻钟。代勒瓦尔认为到时喊一句"天主教的法兰西万岁！"会产生最佳效果。马什雷决心要喊："不要毁了我的容貌！对准心脏，它悬挂在这儿，瞄准吧！"雷米则要唱《烛光下夜宵》，如果有时间，就再唱《一了百了的时候……》，米哈伊要拒绝蒙上眼睛，并声明他"要一直看完这出喜剧"。

"非常遗憾，"他最后说，"在安妮大喜的日子，大家却讲这种蠢话……"

为了缓和气氛，马什雷又抛出他常挂在嘴边的玩笑话，即"莫德·迦拉斯的乳房是塞纳马恩省最能撩拨人的"。说着，他就解开了她的上衣。莫德·迦拉斯臂肘支在柜台上，由他摆布，毫不反抗。

"瞧啊，瞧这绝妙的宝贝儿！"

他乱摸着，又拉下胸罩，让乳房袒露出来。

"您根本不用羡慕她的，"代勒瓦尔对莫妮克·茹瓦斯说，"根本不用，宝贝儿，根本不用！"

代勒瓦尔也力图把手从她衬衣开领伸进去，但她格格轻笑，有些神经质，阻止了他。安妮·米哈伊极度兴奋，不觉撩起了长裙，吕西安·雷米也就能抚摸她的大腿了。

西尔维娅娜·珲夫则用脚轻轻踢我。米哈伊给我们斟酒，懒洋洋地说我们迎接枪决，状态不错。

"真的，你们就没有看见这对奶子嘛！"马什雷重复道。

他转到柜台里面要去搂莫德·迦拉斯，不慎将灯打翻。一片惊叫，随后又是喘息声。大家都趁黑亲热。终于有人提议，如果我没记错的话，是米哈伊说的：到房间去要痛快多了。

我摸到一个电灯开关。壁灯光亮耀眼。除了您我二人，全都走了。凝重的护壁板、大皮椅子和凌乱的酒杯，令我油然而生忧伤之感，收音机还开着，声音低沉：

"Bei mir bist du schön..."

而您却睡着了。

"这话意思是……"

您张着口，头歪在一边。

"你对我来说……"

您的指间还夹着熄灭的雪茄。

"生死永相伴。"

我轻轻拍了拍您的肩膀。"我们走好吗?"

塔博牌小车停在"麦克图别墅"大门口,马什雷还跟往常一样,把车钥匙落在仪表盘上了。

我驶上国家公路。时速表针指到一百三十公里。由于车速高,您闭上了双眼。您坐车总是提心吊胆,我把糖盒递给您,好让您提提神。我们穿过被人抛弃的村庄:夏伊昂比埃尔、佩尔特、圣索沃尔。您蜷缩在我身边的座位上。我本想劝您放心,然而一过蓬蒂耶里,我觉得我们的处境堪忧:我们谁也没有证件,连开的车也是偷的。

科尔贝伊、里斯奥朗日、拉伊莱罗兹。终于驶到灯光昏暗的意大利门。

一路上,我们始终缄默无语。这时您转向我,说我们可以给"蒂蒂科"打电话,那人主动提出帮您偷越比利时国境。他给您留下了电话号码,以备不时之需。

"当心,那家伙会告密。"我以平淡的口气说道。

您没有听见。我又重复一遍，仍然徒劳。

我们停到儒尔当大道的一家咖啡馆门前。我看见守柜台的女招待递给您一枚打电话的筹码。露天座上还有几位迟迟未归的顾客。附近有一个地铁小车站和一座公园。看到蒙苏里这个街区，我就想起我们在勒伊林荫路那所窑子度过的夜晚。那个埃及鸨儿还在世吗？她还记得您吗？她浑身还散发同一种香水味吗？您打电话回来，带着满意的笑容。"蒂蒂科"说话算数，他于晚上十一点半，在金字塔广场的杜伊勒里-瓦格拉姆饭店大厅等我们。事已至此，无法改变。

您注意到了吗，男爵，今夜巴黎多么宁静？我们沿着空荡荡的街道悄然行驶。树木窸窣微颤，枝叶在我们头上交织成护拱。时而望见一幢大楼有一扇窗户亮着灯，大概是人走时忘记关掉。后来，我又徒步穿过市区，觉得街道同今天一样虚幻。为了寻找您的踪影，我会迷失在这大街小巷的迷魂阵里，直至消融在里边。

夏特莱广场。您对我解释说，美元和玫瑰色钻石都缝在您外衣的衬里之中。没有行李。是"蒂蒂科"嘱咐您这样做的。越境行动方便。我们把塔博车丢在里沃利和阿尔及尔两条街路口。我们早到了半小时，于是我提议到杜伊勒里花园去散散步。我们听见鼓掌声，便绕过大水池。绿茵剧场上正在演出。是一出化了妆的话剧。我想是马里沃①的作品。在蓝色的灯光下，演员正在谢幕。我们随着人流涌向酒吧间。树杈间挂着彩灯。一位昏昏欲睡的老先生，坐在右侧柜台旁边的一架钢琴前，在演奏《佩德罗》。您要了一杯咖啡，并点燃了一支雪茄。我们俩都保持沉默。从前在类似的夏季夜晚，我们也时常坐在一家咖啡馆的露天座上。我们闲看周围攒动的人头、大道上来来往往的汽车，但我想不起一句我们交谈的话，只记得您把我推下地铁轨道的那天……父子之间恐怕没有什么可讲的。

钢琴师开始弹奏《我梦中的庄园》。您摸了摸外套的衬里。约定的时间到了。

我眼前又浮现在杜伊勒里-瓦格拉姆饭店大厅里，您坐在苏格兰呢面沙发上的形象。守夜的门卫在看一本画报。我们进来的时候，他连眼皮也没有抬。您瞧了瞧手表。这家饭店的门厅，跟您从前约我见面的所有那些饭店门厅差不多，诸如"阿斯托里亚""壮丽蒂克""终点"……您还记得吧，男爵？您那副模样还像过境旅客，等待永远也不会到来的客船或列车。

您没有听见他们走过来。一共四个人，身穿风衣、个

---

① 马里沃（1688—1763），法国剧作家。

子最高的那人要您出示证件。

"也不跟我们打声招呼，就想溜到比利时去？"

他撕开您外衣的衬里，掏出钞票仔细点数，然后塞进衣兜里。玫瑰色钻石滚落在地毯上，他弯腰拾了起来。

"你是从哪儿偷来的？"

他扇了您一记耳光。

您脸色惨白，穿着衬衫站在那里。我发现从一出事，您就一下子老了三十岁。

我站在大厅里端，挨着电梯，他们没有发现我。我可以按一下电钮上楼，等待。然而，我却走向他们，走到穿风衣那家伙面前。

"这是我父亲。"

他耸了耸肩膀，打量我们二人，无精打采地也扇了一个耳光，好像例行公事，然后对其他人说：

"把这些败类给我押上车。"

他们用力推动转门，我们出门时跌跌撞撞。

囚车停在里沃利街靠北一点儿。现在，我们并排坐在木椅上。车里黑洞洞的，我弄不清开往哪里。柳林街吗？德朗西街？凄凉别墅？无论如何，我也要陪您到底。

每逢车拐弯，我们就相互碰撞，但我很难看清您的面孔。您究竟是谁？我白白日复一日地追随您，对您却一点也不了解，宛似如豆灯光下的朦胧身影。

刚才上车时，我们被他们揍了几下，现在的样子一定很狼狈，如同从前在梅德拉诺那两个小丑……

毫无疑问，那是塞纳马恩省环境最好、建筑最美的一个村庄，正坐落在枫丹白露树林边缘。上世纪，一群画家到那里隐居，如今成了旅游胜地。有些乡间别墅的主人就是巴黎市民。

在中央大道的尽头，则是门面具有盎格鲁-诺曼底建筑风格的克洛富克雷旅馆。外观大方质朴，吸引来不少尊贵的客人。近午夜时分，只剩下旅馆酒吧的招待，他叫格雷夫，继续摆放酒瓶，倒掉烟灰缸里的烟蒂。这种营生他已干了三十年。此人轻易不开口，但是，对他的态度要是蔼然可亲，并请他喝默兹产的黄香李酒，他还是乐意回顾往事的。是的，他认识我提及姓名的那些人。然而我如此年轻，怎么会跟他谈论那些人呢？"哦，我嘛……"他把烟灰缸里的烟蒂倒进长方形纸箱中。不错，很久以前，那一小伙人经常出入这家旅馆。莫德·迦拉斯、西尔维娅娜·玕夫……他也寻思她们情况究竟如何。那种女人，谁知道呢。他甚至还保存了一张照片。瞧，这个瘦高个儿，就是米哈伊，任报社社长，被枪决了。在后边这个，挺胸叠肚，拇指和食指间掐着一朵兰花，他就是居伊·德·马什雷，人称伯爵先生。是外籍军团老兵。也许他又返回殖民地了。的的确确，这些人全不在了……在他们前面，坐在扶手椅上的这个最胖的人，称什么"男爵"，有一天失踪了。

他见过几十个这种人，常来此处，臂肘倚在柜台上，胡思乱想一阵，而后便销声匿迹了。难以想起所有那些面孔。总之……是的，如果我想要这张照片，他就送给我。不过他说我年纪轻轻，最好还是想想将来吧。